우리는
영원하지
않아서

우리는 영원하지 않아서

ⓒ 이낙원 2017

초판 1쇄 발행일 2017년 11월 13일

지 은 이 이낙원

출판책임 박성규
편집진행 남은재
편   집 유예림
디 자 인 조미경 · 김원중
마 케 팅 나다연 · 이광호
경영지원 김은주 · 박소희
제   작 송세언
관   리 구법모 · 엄철용

펴 낸 곳 도서출판 들녘
펴 낸 이 이정원
등록일자 1987년 12월 12일
등록번호 10-156
주   소 경기도 파주시 회동길 198
전   화 마케팅 031-955-7374 편집 031-955-7381
팩시밀리 031-955-7393
홈페이지 www.ddd21.co.kr

I S B N 979-11-5925-291-4 (03800)

값은 뒤표지에 있습니다. 잘못된 책은 구입하신 곳에서 바꿔드립니다.

「이 도서의 국립중앙도서관 출판예정도서목록(CIP)은 서지정보유통지원시스템 홈페이지(http://seoji.nl.go.kr)와 국가자료공동목록시스템(http://www.nl.go.kr/kolisnet)에서 이용하실 수 있습니다.(CIP제어번호: CIP2017028336)」

우리는
영원하지
않아서

이낙원 지음

들녘

일러두기
본문에 인용된 도서의 출처는 본문 마지막 페이지에 정리해 실었습니다.

들어가는 말

521호실에 들어갔을 때 환자는 이미 숨이 멎어 있었다. 늦은 오후, 발갛게 저무는 햇살이 삶을 거둔 환자의 이마와 가슴을 비췄다. 거칠게 들썩이던 가슴은 미동도 하지 않았고, 가랑대던 가래 끓는 소리와 기침 소리가 더 이상 들리지 않았다. 숨소리조차 들리지 않는 고요 가운데 어디선가 나지막이 흐느끼는 소리가 들렸다. 환자의 아들이 망자의 발치에 쭈그리고 앉아 울고 있었다. 온몸이 들썩이며 진동했다. 의사가 왔으니 응대는 해야겠는지 아들은 침대 난간을 붙잡고 간신히 일어섰지만, 부들부들 떨리는 얼굴에서는 온갖 체액이 쏟아져 나와 고개를 들지 못했다.

내가 아는 그 아들이 아닌가 생각했다. "사는 동안 고생만 하시던 아버지가 돌아가시기 직전까지 고생하신다"며 빨리 편하게 돌아가셨으면 좋겠다고 내 진료실에서 몇 번이나 하소연하던 아들이었다. 환자였던 아버지는 지난 일 년 중 삼분의 일을 병원에서 지냈다. 입원과 퇴원을 지루하게 반복했고, 입원할 때마다 혈관 찾기가 힘들어서 주사 맞는 게 곤욕이었다.

결국 오늘, 아들이 원하던 대로 아버지가 더 이상 아프지 않은 곳으로 가셨으니 그야말로 '호상'이다. 그동안 속앓이하던 것도 풀리고, 물론 섭섭하겠지만 한편으론 시원하기도 한 그런 죽음이자 이별이었다. 나는 아버지가 돌아가셨다는 말을 건네면 아들에게 그동안 수고하셨다는 말 정도는 듣겠거니 기대했다. 그런데 병실에서 서럽게 울고 있는 그는 대화를 나눌 여력조차 없어 보였다. 그는 마치 고인의 죽음이 뜻밖이라는 듯 오열했다.

아, 죽음을 순순히 받아들이던 건 그의 '정신'이고, 저리도 구슬피 우는 건 그의 '몸'인가. 아버지의 체취와 감촉을 기억하는 그의 세포들이 고인에게 마지막 인사를 건넸다. 두뇌와 몸이 서로 다른 방식으로 아버지와의 이별을 준비했다.

작가 김훈은 목련이 지는 모습을 이렇게 표현했다.

목련꽃은 냉큼 죽지 않고 한꺼번에 통째로 뚝 떨어지지도 않는다. 나뭇가지에 매달린 채, 꽃잎 조각들은 저마다의 생로병사를 끝까지 치러낸다. 목련꽃의 죽음은 느리고도 무겁다. 천천히 진행되는 말기 암 환자처럼, 그 꽃은 죽음이 요구하는 모든 고통을 다 바치고 나서야 비로소 떨어진다. 펄썩, 소리를 내면서 무겁게 떨어진다. 그 무거운 소리로 목련은 살아 있는 동안의 중량감을 마감한다.[1]

그 환자의 죽음도 마치 목련꽃 같았다. 죽음이 요구하는 모든 고통을 다 바치고 나서야 환자는 삶을 끝마쳤다. 죽음은 왜 그렇게 치러야 할 것들을 요구하는 걸까. 김훈의 말에 의하면 그것은 "살아 있는 동안의 중량감"의 대가다. 냉큼 죽지 않고 서서히 죽어가는 인간의 특성은 삶의 무게 때문이다. 동백꽃처럼 뚝 떨어져버리기엔 무게가 결코 가볍지 않다. 수십 년간 한 인간이 사랑해온 모든 것 그리고 그를 기억하고 아끼던 생명들. 인연의 고리는 한 번에 끊어낼 수 있을 정도로 약하지 않다.

별은 주변의 시공간을 변화시켜 자기만의 중력장을 만든다. 그리고 자신의 영향력 안에 있는 사물들을 끌어당긴다. 중력이 클수록 영향력도 크다. 중력은 수많은 별과 행성이 궤도를 형성해 자신의 주위를 돌게 한다. 그리고 자신 역시 더 커다란 중력장의 영향력 아래 자신만의 궤도를 따라 걷는다. 중력이 크지 않은 돌멩이들은 행성조차 되지 못하여 자신만의 궤도도 갖지 못한다. 이러한 길 없는 돌멩이들은 중심 없이 돌아다니다 사라지거나 운이 좋으면 누군가에게 별똥별로 기억되기도 한다. 자신만의 길-궤도를 가지려면 어느 정도 무게가 있어야 한다.

인간은 하나의 별과 같다. 별들이 서로 우주 안에서 관계 맺는 힘이 무게이듯 인간도 '중량감'이 있어야 궤도를 형성하고 중량감이 만든 공간 안에서 다른 사람들과 관계를 맺는다. 그리고 별이 소실될 때 중력파를 남기듯 한 인간도 생을 마감할 때 파장을 남긴다. 누군가의 삶과 체취가 변형한 시공간에 익숙해진 주위 사람들의 세포가 고인의 죽음 앞에 오열하는 것이다.

그러나 별과 인간은 결정적으로 다른 점이 있다. 인간은 무게감의 원천이 '유한함'에 있다는 것이다. 별이 수십억 년을 반짝이는 것처럼 천년만년 살아온 사람이 있다고 치자. 그에게 어떤 감정이 남아 있겠는가. 첫사랑의 설렘, 열정과 환희, 분노를 생생하게 느낄 수 있을까. 자연이 주는 경이로움이나 성취의 기쁨을 알겠는가. 그저 몸과 마음 모두 세월이 갈수록 무뎌질 것이다. 수만 년 된 돌덩이와 무엇이 다르겠는가. 유한함 때문에 모든 게 애틋한 것이다. 삶을 무겁고 진지하게 받아들이고, 서로에게 느끼는 모든 감정을 소중히 여겨야 하는 까닭이다.

유한함을 절실하게 자각하는 곳이 바로 병원이다. 만성 질환이나 중증 질환으로 병원을 찾은 경우가 그렇다. 병원 생활은 환자와 가족 모두의 삶을 일상적 궤도에서 벗어나게 한다. 잠시 궤도를 벗어난 별들처럼 말이다. 환자와 그의 가족들은 새로운 각도에서 세상을 경험하며 다시 본래의 궤도를 되찾기 위해 노력한다. 어쩌면 다시는 본래의 궤도로 돌아갈 수 없을지도 모른다는 예측은 또 다른 시간 속으로 그들을 안내한다. 누구에게나 똑같은 속도로 흘러가는 '크로노스Kronos'의 시간이 아니라 주관적, 절대적 차원의 시간인 '카이로스Kairos'의 시간으로 진입하는 것이다.

카이로스의 시간을 사는 사람은 평소라면 가볍게 스쳐 지나갔을 말과 사람들의 눈빛에도 강렬하게 반응한다. 시간이 더디게만 지나가고 질병과의 싸움과 회복이라는 기대 속에서 절망과 희망이 교차한다. 죽음이 주는 불안, 상실에서 오는 두려움 때문에 극도로 예민해지기도, 일상의 소중함을 깨닫기도 한다. 병원은 유한한 존재가 갖는 특권인 '감정'이 증폭하는 곳이다.

하지만 정작 '감정'은 병원에서 제대로 대접받지 못한다. 언제나 객관적인 병의 증상과 치료 뒤로 밀려난다. 혹여 의료 종사자가 참지 못하고 감정을 드러내기라도 하면 '감상적' 또는 '비이성적'이라는 지적을 받게 된다.

16세기 해부학의 시작으로 발전한 근대 의학의 영향으로 사람들은 질병을 보다 작은 단위 안에서 이해하게 되었다. 병인을 신의 처벌이나 심판 또는 체액의 불균형 등으로 잘못 이해하던 질병관은 사라지게 되었다. 질병은 몸 전체의 문제가 아니라 특정 장기나 조직의 문제가 되었고, 세포 병리학의 출현과 함께 세포의 문제가 되었으며, 20세기 유전학의 발전으로 질병은 유전적 문제가 되었다. 과학의 후예인 오늘날 의사들에겐 질환의 미시적 문제를 이해하는 것이 무엇보다 중요하다. 사진을 촬영하여 몸의 하부단위인 장기나 조직의 모양이 변형된 것을 찾아내고, 세포들이 생활하는 환경인 체액을 평가하기 위해 혈액 검사를 한다. 정보를 얻는 곳은 몸 안쪽에서 일하는 작은 단위다. 시視진, 촉觸진, 타打진, 청聽진을 통해 사람 그 자체로부터 정보를 얻기도 하지만 그 역시 병이 원인인 더 작은 단위를 추적하기 위한 준비다. 상대적으로 환자의 얼굴 표정, 몸짓에서 발산되는 감정은 의사들에게 중요한 정보로 간주되지 않았다. 질병이 한 사람의 삶에 어떤 의미인지는 중요치 않았고, 치료 계획에도 영향을 미치지 못했다.

과연 환자의 감정을 배제하고 질병에만 초점을 맞춰도 되는 걸까. 환자에게 이성적으로만 접근하는 게 가능할까. 여기서 잠시 disease와 illness의 차이를 짚고 넘어가는 게 좋겠다. 우리말로는 둘 다 질병이라고 번역하지만 알고 보면 두 단어 사이에는 커다란 차이가 있다. disease는 생물학적으로 규정된 이상異常 상태로 의사들의 교과서에 수록된 질환 목록이다. illness는 disease에 대한 환자와 가족의 감정적 반응과 심리 상태를 포함한다. 즉, 인간이 앓는 것은 illness다. 그러나 illness를 호소하는 환자의 목소리는 딱딱한 현실 앞에 부딪혀 막히기 일쑤다. 병원은 우선적으로 disease를 다루는 곳이기 때문이다.

현대 의학은 지난 백여 년간 disease의 정체를 밝혀내고 치료법을 발견하는 데 괄목할 만한 성과를 냈다. 질병에 대한 환원주의還元主義적 접근은 대성공을 거두었다. 오늘날 병원이 현대인의 삶에 미치는 영향력은 그간의

'성공' 그 이상이다. 고령화 사회에 접어들면서 다수의 사람들이 질병을 안고 살아가게 되었고, 대부분의 사람들이 병원에서 삶을 마무리하게 되었다. 현대인에게 질병은 삶의 일부가 되었다. '삶'은 현미경으로는 관찰할 수 없는 만큼 이제는 illness에 대한 이해와 접근이 더욱더 필요한 시기다.

환자와 가족의 '감정'에 주목해야 하는 또 다른 이유도 있다. 그들의 감정을 살피는 일은 '나'의 삶을 거울에 비춰보는 계기가 될 수도 있지 않겠는가. 거울에 몸 전체를 비추려면 한 발짝 뒤로 크게 물러서야 하는 것처럼, '병원에서의 삶'은 거울을 딱 그 정도 거리에 두고 서 있는 것과 같다. 나의 삶 전체를 지그시 바라보는 일. 어쩌면 환자들과 함께했던 날들의 기록이 도리어 우리의 삶을 조망해보는 계기가 될 수도 있겠다. 누구나 머잖은 미래에 맞닥뜨릴 일이다. 우리는 모두 시간과 함께 늙어가는 유한한 존재니까.

책이 나오기까지 많은 분들께 도움을 받았다. 병든 몸이지만 의연한 모습을 보여주신 환자와 가족들, 외래에서 고생하신 한영미, 이혜정, 김아영 선생님, 박청자 수선생을 비롯한 중환자실 선생님들과 병동 선생님들. 그리고 빨간 유니폼이 잘 어울리는 중환자실 여사님들, 책 출간에 애써주신 도서출판 들녘. 이 모든 분들께 깊이 감사드린다. 그리고 묵묵히 나의 가장 큰 힘이 되어주는 아내와 부모님에게 이 책이 작은 기쁨이 되기를 소망한다.

2017년 11월
이낙원

I 죽음을

다시 　생각하다

: 뭐라는
거야

한 달가량 인공호흡기에 의존해 지내던 할머니 환자가 있었다. 폐렴 치료 효과가 지지부진하여 항생제를 써보았지만 여전히 폐 상태가 호전되진 않았다. 결국 환자 가족들에게 할머니의 가슴 사진을 보여주며 체력과 면역력이 이미 다하신 것 같다고 말했다. 할머니의 몸이 견딘 세월이 88년이다. 가족들 모두 마음으로는 임종 준비를 마친 상태였다.

그런데 어느 날부터 폐 상태가 조금씩 나아졌다. 예상치 못한 좋은 소식이었다. 호흡 능력을 온전히 대신하던 인공호흡기는 드디어 호흡을 보조하는 정도의 역할을 했다. 아직 환자가 완전히 기계에서 독립하기엔 조금 부족했으나 기계를 떼어내기로 결정했다. 한 달간 지켜본 바로는

○

환자가 그 이상으로 호전되기는 어렵다고 판단됐기 때문이다.

나는 할머니가 돌아가실 가능성을 염두에 두고 가족들과 충분히 상의했다. 지금 기계 이탈을 하지 않으면 기계에 의존한 채 연명하다 고통스럽게 돌아가실 게 뻔했다. 이는 가족들이 가장 우려하는 상황이자 그들이 볼 때 환자 본인도 원하지 않는 미래였다.

가족들을 모두 불렀고, 기계를 뗀 후 아마도 몇 시간 또는 며칠 안에 돌아가실 수도 있다고 알려주었다. 기계를 멈추게 한 뒤 입을 통해 기관지로 밀어 넣었던 튜브를 뽑아내고, 얼굴에 붙였던 반창고도 모두 제거했다. 침대의 상체 부분을 높여 환자를 앉히고, 기침을 유도해 석션 suction 흡인작용으로 기관 내 분비물 등을 체외로 배출시키는 방법으로 가래를 한 번 더 뽑아낸 후 말끔한 얼굴로 가족들을 면회할 수 있게 했다.

면회가 끝나갈 즈음 환자의 며느리가 진료실을 찾아왔다.

"선생님 감사합니다. 그런데요, 어머니가 말을 하셨어요. 세상에! 모두들 슬퍼서 울다가 나중엔 너무나 기뻐서 울었어요."

뜻밖이었다. 할머니가 말씀을 하시다니. 숨이 차올라 말에 쓸 호흡이 턱없이 부족할뿐더러 한 달 동안 튜브가 지나갔던 성대와 기관지는 이미 부을 대로 부어서 목소리가 나올 턱이 없는 상황에서 말을 하다니!

중환자실로 올라가 확인해보니 과연 할머니는 안정적으로 호흡하고 있었다.

"할머니, 숨차요?"

"……"

"환자분, 말 좀 해보세요, 네?"

귀에다 대고 크게 말했다. 할머니가 귀찮다는 눈빛으로 째려보며 입을 열었다.

"뭐라는 거야?"

가늘고 또렷한 음성이 들렸다. 이번엔 할머니 성함을 물었다. 역시나 분명한 발음으로 대답했다. 그러고 나서 할머니는 잠시 나를 빤히 쳐다보았다. 별 싱거운 사람 다 본다는 표정이었다. 할머니는 일반 병실로 옮겨졌고 열흘을 더 사시다 가족들의 따뜻한 관심 속에 돌아가셨다.

진지하고도 엄숙히 임종을 기다리던 현장을 갑작스럽게 우습고 유쾌한 분위기로 뒤집어버린 할머니의 표정과 목소리를 생각하면 지금도 웃음이 난다. 할머니는 오래된 기억은 가지고 있지만 금방 일어난 일은 기억 못 하는 치매를 앓고 있었다. 가족들 말로는 불과 오 분 전도 기억을 못 한다고 했다. 그랬기 때문에 할머니에겐 고통이랄 게 없었다. 인공호흡 치료 때문에 받는 스트레스도 없었을 것이다. 망각이 고통 자체를 없애버리는 효과를 낸 것이다. 그러니 한 달간의 지루한 병마와의 싸움도 할머니에겐 겪지 않은 것이나 마찬가지였다. 할머니는 평소처럼 아침에 일어났을 뿐인데, 자녀들과 손주들이 당신 곁에서 울고 있는 형국이었던 것이다. 그러니 그 소리가 시끄러워 말문을 열 수밖에.

고민스럽고 복잡한 국면에서, 유쾌한 사람은 상황을 간단하게 요약할 줄 알며, 상쾌한 사람은 고민의 핵심을 알며, (중략) 통쾌한 사람은 고민을 역전시킬 줄 안다.[2]

김소연 작가가 저서 『마음사전』에서 정의한 바에 따르면 할머니는 통쾌한 사람이다. 할머니가 시원하게 쳐낸 역전타의 비결은 '망각'이었다. 물론 망각이란 치료제는 한계가 있다. 기억하지 못해도 사실은 엄연히 있었던 일이니까. 고통은 기억에 없지만, 병마의 흔적은 폐에 남아 할머니는 결국 호흡부전호흡 기능 상실으로 돌아가셨다. 그러나 어쩔 수 없이 가야만 하는 길, 속절없이 슬픔만을 가지고 갈 일은 아니라고 할머니가 웅변하는 것만 같았다.

사실 그렇다. 죽음에 이르는 과정이 꼭 그렇게 진지하고 슬픈 일이어야만 할까. 죽음이 또 다른 시작일 수도 있으며, 고단한 삶의 휴식일 수도 있다. 세상은 넓고, 세상을 바라보는 창문도 여러 가지다. 생의 어떤 국면에서라도 생기발랄함을 보여주는 삶의 창은 늘 있게 마련이다.

'뭐라는 거야.' 비록 망각의 힘을 빌려 할머니가 던진 말이었지만, 이를 통해 고민을 역전하는 방법을 배웠다.

할머니의 장례를 마친 며느리가 진료실을 찾아왔다.

"선생님, 지난 열흘 동안 가족들 모두 감사히 마음의 준비를 잘했고요. 이번 일로 가족끼리 화목하고 행복해진 것 같아요."

죽음을 준비하면서도 가족들이 더욱 행복할 수 있었던 건 가시는 분의 홀연한 태도 덕분이리라.

: 오늘 하루
열심히 사세요

77세의 손 할아버지는 10여 년 전 골수이형성증후군을 진단받고 여태껏 투병 생활을 해왔다. 골수 이식까지 했으나 병이 재발하였고, 대학병원에서 더 이상의 적극적인 치료가 무의미하다는 말을 듣고 중소병원으로 전원하셨다. 남은 치료라고는 골수가 기능을 상실하여 혈액을 만들어내지 못하기 때문에 이삼 일에 한 번씩 모자란 피를 보충해주는 것이 전부였다.

할아버지는 폐렴 증상이 심상치 않아 혈액내과에서 호흡기내과로 오셨다. 몸속의 병정인 백혈구는 이미 칼과 창을 잃은 상태였고, 강한 항생제로 하루하루 버텨야 하는 상황이었다. 숨이 차는 증상은 갈수록 할아버지의 목숨을 내쫓는 것 같았고, 목숨이 달아난 빈자리엔 고통이 들어앉았다.

"선생님, 이제 더는 안 되겠죠? 도저히 못 고치나 봐요. 그렇죠?"

할아버지는 회진할 때마다 이렇게 묻곤 하셨는데, 처음 며칠은 대답을 제대로 하지 못했다. 환자 스스로 이해하고 더 이상 묻지 않기를 바라는 마음도 있었다. 그러나 환자가 이틀에 한 번꼴로 물어보는데 대답을 마냥 미룰 수도 없었으므로 어느 날 아침, 현재 몸 상태를 할아버지께 정직하게 말씀드렸다. 사람의 힘으로 할 수 있는 단계는 이제 지났고, 지금 치료하고 있는 것도 병에 대한 근본적인 조치는 아니라고. 머지않아 할아버지는 이 병으로 돌아가시게 될 거라 설명했다. 할아버지는 이미 알고 있었다는 듯 고개를 끄덕였고 자신의 상태에 대해 더 묻지 않으셨다.

병세는 갈수록 조금씩 악화되었다. 숨이 더 차오르고 거동도 불가능해졌다. 보조 보행기를 이용해 복도를 걷는 할아버지의 유일한 기쁨도 사라졌다. 통증도 더 심하게 몰려왔다.

할아버지는 다시 질문을 하기 시작했는데, 그 내용이 예전과는 사뭇 달랐다.

"선생님, 저는 왜 안 죽는 거죠? 죽을병이니까 빨리 죽었으면 좋겠어요."

삶에 대한 애착을 잃어버리자 할아버지는 아침에 일어나 왜 아직도 본인이 안 죽었느냐고 의사에게 하소연하는 것으로 하루를 시작하셨다. 사는 게 매일 아프고 힘이 드니까 그럴 만도 했다. 할아버지 머리맡에는 늘 성경이 놓여 있었다. 얼마 전까지만 해도 치료해달라는 기도를 들어줄지도 모를 책이었을 텐데, 이제는 죽어서 가게 될 곳을 가리키는 책이 되어버렸다.

할아버지는 결국 중환자실로 옮겨졌다. 숨이 차서 산소 포화도가 떨어져 산소마스크로 호흡해야 했기 때문이다. 중환자실에서는 목소리도 더욱 작아지고 말할 기운도 없을 텐데, 치료를 포기해서 빨리 죽게 해달라는 요구를 회진 때마다 고집스럽게 하셨다. 그 요구가 너무 절박하고 간절하여 때로는 진찰을 마치고 나올 때 할아버지 눈에서 나온 레이저가 내 가슴을 지지는 것 같았고, 그 탄내가 오래갔다. 의사는 스스로를 무기력하다고 느낄 때 가슴에서 탄내가 난다. 하긴, 환자를 살리지도 못한다면 이 정도 아픈 게 대수인가. 무력함은 정말 어찌할 도리가 없다.

나는 사람 목숨은 의사도 어쩔 수 없는 것이라고 말하면서 화살을 피하거나 할아버지가 언제 죽을지 내가 어떻게 아느냐고 항변하기도 했다. 훗날 심사숙고 끝에 고안한 가장 적절한 대답은 이거였다.

"할아버지, 전 할아버지가 언제 돌아가실지는 몰라요. 그런데 확실한 건 아직 안 돌아가셨고 하루를 더 맞이하셨다는 거예요. 그러니까 오늘 하루도 열심히 사세요."

그러던 어느 날 회진을 하는데 할아버지의 표정과 태도가 달라져 있었다.

"선생님, 오늘 하루를 기쁨과 감사로 살려고 해요. 하나님이 주신 목숨인데 하루라도 기쁘게 살아야죠."

기쁨과 감사라니, 놀라운 변화가 아닐 수 없었다. 전날까지만 해도 모니터에 깜박이는 빨간색 숫자혈압 수치가 왜 안 떨어지냐고 불평하던 분이었다. 숨이 덜 차거나 고통이 덜해진 것도 아니고, 오히려 병세는 악화하고 있는데…. 나는 놀란 마음을 추스르고 대답했다.

"그럼요, 그럼요. 오늘 하루 기쁨과 감사로 사셔야죠. 무사히 잠에서 깨셨잖아요. 또 이렇게 안 돌아가시고 눈을 떴으니까 기쁨과 감사로 열심히 사세요."

할아버지가 너무 감사하고 기특한 나머지 나는 상장

을 수여하겠노라고 선포(?)했다. 그리고 회진을 따라온 중환자실 간호사에게 상장을 준비하라고 했다. 할아버지처럼 멋진 환자에겐 상을 드리고 싶다면서. 사실 농담이었는데 현실이 되었다.

다음 날 중환자실 간호사는 진짜로 상장을 준비해 왔다. 빳빳한 초록색 하드커버로 덮인 상장이었고, 제목은 '착한 환자' 상이었다.

"귀하를 ○○병원 중환자실 치료 중에 의료진의 치료에 적극적으로 협조하고 회복을 위해 불철주야 노력하는 슈퍼맨 환자로 인정합니다. 이에 깊은 감사를 드리며 빠른 쾌유를 기원하는 마음을 듬뿍 담아 이 상을 수여합니다. 항상 건강하시고 행복하세요. 중환자실 모든 직원들이 가족 같은 따뜻한 마음으로 사랑을 드립니다."

산소마스크를 한 채 숨을 몰아쉬는 환자 앞에서 상장을 낭독했고, 마침 가까운 데 있던 간호사 몇 명도 박수를 쳐주었다.

할아버지는 그렇게 생애 마지막이었을 상장을 행복하게 받으셨다. 그리고 그날 하루도 열심히 살아내셨다.

: 흙 보태러
가야지

회진 시간마다 실랑이가 벌어졌다.

"할머니, 제 말씀 한 번만 들어주시죠. 의사 말을 들어야 나아요."

"아녀, 난 못 혀."

"흡입기 치료를 안 하면 숨이 찬 증상이 가라앉질 않아요. 하루 두 번, 아니 한 번만이라도 합시다, 예?"

"못 혀, 못 혀. 그러다 나 콱 죽어. 입이 다 헐었자녀. 그냥 좋은 약 줘요."

"할머니 때문에 제 흰머리가 늡니다, 예?!"

의사 생활 통틀어 이렇게 고집 센 분은 처음이었다. 천식 환자가 흡입기 치료를 거부하니 증상은 날로 심해졌고, 입원도 이전보다 잦아졌다. 어르고 달래는 것도 한계가 있었다. 입안이 헐어서 도저히 치료를 못 하겠다는 것인데, 이해는 되지만 그렇다고 병세가 악화되는 것을 보고만 있을 수는 없었다. 한번은 정색하며 화를 내고 윽박질러보기도 하였다. 그렇게 냉전 모드로 며칠을 지냈더니, 어느 날은 진료실로 와서 펑펑 우셨다. 선생님이 날 이렇게 대하면 어떡하느냐고, 선생님이 날 살려줘야지, 누가 살리겠느냐고. 고집 센 할머니의 눈물샘은 고집스럽게도 마르지 않았다. "알았어요. 화 안 낼게요. 이제 잘해봅시다"라는 대답을 들을 때까지.

화해 모드로 전환하자마자 할머니는 농담을 하시기 시작했다.

"선생님, 호흡기내과 의사가 최고여. 내 알제, 히히."

고집불통 할머니는 양쪽 관자놀이에 한 변의 길이가 1센티 정도 되는 정사각형 모양의 반창고를 붙이고, 머리띠로 흰머리를 말끔히 뒤로 제쳤다. 반창고를 왜 거기다 붙이셨느냐고 물으면 사는 게 골치 아파서 그렇다고 웃으며 대답하셨다. 머리띠가 잘 어울리신다고 하니까 "내가 이쁜께 이런 걸 하지~" 하고 농을 던지셨다.

내가 평소 제일 싫어하는 농담이 있는데 바로 '제대' 농담이다. 입원을 입대, 퇴원을 제대라 일컫는 말장난이다.

"선생님. 나 제대할텨."

"뭐가 벌써 제대예요. 군대도 한번 가면 2년이에요. 지금 할머니는 입대한 지 이틀 되셨어요. 아시겠어요? 제대는 절대 안 됩니다."

"아녀, 내일모레 제대시켜줘요. 나 가야 혀."

"그러다 영영 가는 수가 있어요. 안 돼요."

제대 농담을 한 후에 할머니는 정말로 짐을 싸들고 병원 밖으로 나가버리셨다. 며칠 후 할머니는 보따리를 들고 다시 입원시켜달라고 휠체어를 타고 진료실에 찾아오셨다. 이후 할머니는 재입원한 지 두 달이 지나서도 호흡곤란이 나아지지 않았다. 보통 한두 주 치료하면 퇴원하셨는데 어찌된 일인지 이번엔 달랐다. 어떤 치료도 먹히지 않았다. 병이 더 진행된 탓도 있지만, 여전히 흡입기 치료를 완강하게 거부하는 것도 문제였다. 변하지 않은 것이 하나 더 있었는데, 어떻게든 그 짧은 회진 시간을 이용해 농담을 하시는 것이었다.

"선생님, 오늘은 정신이 깜박 나갔다 들어왔다니까. 화장실 갔다 오는데 갑자기 머리가 팽 돌면서 정신이 깜박 나갔었다니까. 뭐지 이게?"

"네… 뭐, 살다 보면 그러기도 해요. 식사 좀 해보시고요."

"안 되겠어. 집에 정리가 안 된 것도 있고… 정신 있을 때 집에 좀 다녀와야거써."

"또 퇴원 얘기예요? 그 이야기는 그만 좀 하시죠. 집에 숨겨둔 남자라도 있으세요?"

"히히, 있지. 남자 숨겨놨어. 댕겨와야 혀."

"집은 안 돼요. 여기서 몸 상태 좋아지시면 내가 남자 하나 해드릴게."

"히히, 선생님 때문에 내가 하루 한 번은 웃어."

환자가 퇴원을 원하는 이유는 다양하다. 집 정리를 해야 하기도 하고, 자식에게 경제적 부담을 주기 싫어서기도 하다. 그러나 가장 큰 이유는 본인의 성격 탓이다. 워낙 성격이 급하셔서 반복적인 병원 생활과 병실이라는 공간이 답답하셨던 것이다. 이유가 무엇이건 간에 너무 진지하게 환자의 요구를 받아주면 대화가 길어지고 자칫 싸움이 되기도 한다. 때론 우스갯소리로 마무리 짓고 넘어가는 것이 좋다.

"선생님, 나 돈 없어서 가야 혀. 다른 놈들은 얼굴도 안 내밀고 막내아들 하나 있는데 개가 착혀. 근데 그놈 돈 없어. 나 가야 혀."

○

"아드님이 효자던데요. 잘 키우셨더라고요."

"잘 키웠지."

"비법 좀 가르쳐주세요. 효자로 키우는 비결이 따로 있을 거 아녜요? 알려주시면 싸게 싸게 해드릴게요."

"있지, 암… 있지. 내가 잘 멕이고, 애썼어."

"간호사 여기 약 싼 걸로 바꿔요. 할머니~ 싸게 드릴 테니까 퇴원 얘기는 꺼내지도 마세요."

"히히, 선생님 최고여."

할머니는 죽음을 재미있는 표현을 써가며 유쾌하게 받아들이시기도 했다.

"선생님, 나 숨차요. 어떻게 좀 해줘봐. 여기 가슴 진찰 좀 해주시고."앞가슴을 자신 있게 들이민다.

"네, 할머니, 약 드릴게요. 주사도 놔드리고요."

"근데 선생님, 나 아무래도 갈 것 같지?"엄지손가락을 좌우로 목 중간을 가르며 켁~ 가겠지, 응?"

목을 가르는 동작이 우스웠는지 본인도 웃으신다.

"곧 갈 것 같아. 빨리 가야 하는데. 기왕 가는 거 애들 고생시키지 말고 가야지. 조용히 흙 보태러 가야지."

"가긴 어딜 가요. 입이 이렇게나 아직 건강하시니 빨리 안 가실 겁니다."

∘

"가야 돼. 흙 요만치밖에 안 되는데손바닥을 오므려 한 줌을 만들어 보이면서 그거라도 땅에 보태야제."

할머니는 하루가 다르게 죽음이 성큼성큼 다가오는 와중에도 웃어볼 여유가 있으신 분이었다. 사람이 살면서 쓸 수 있는 호흡의 양이 정해져 있다면, 할머니는 마지막 남은 숨의 대부분을 웃는 데 쓰셨다고 볼 수 있다. 마지막까지 죽음을 전혀 두려워하지 않으셨다.

할머니는 새벽에 돌아가셨다. 내가 병실에 갔을 때는 이미 입술을 야무지게 다물고 계셨다. 골치 아프다며 찡그리던 미간도 풀렸고, 관자놀이에 붙어 있던 반창고도 떼어져 있었다. 피부는 오히려 더 고와지셨다. 이제 한 줌의 흙으로 돌아가실 차례였다.

에리히 프롬Erich Pinchas Fromm은 수동적인 삶이란 '사는 것'이 아니라 그저 '겪는 것'일 뿐이라고 말했다. 죽음에도 사는 죽음이 있고, 겪고 마는 죽음이 있다. 할머니는 죽음을 살아내셨다.

오늘날 대부분의 사람들에게 죽음은 삶의 대척점에 놓인다. 죽음은 우리가 잘 모르는 미지의 세계임에도 불안하고 두려운 이미지로 가득할 뿐이다. 김열규는 그의 책 『메멘토 모리, 죽음을 기억하라』에서 "죽음이 불안인

동안 삶 또한 내내 불안일 수밖에 없다"[3]고 말했다. 죽음은 따돌릴 수 없는 미래다. 죽음이 두렵다면 삶은 언제나 불안을 바닥에 깔고 걷는 것과 마찬가지일 것이다.

며칠 후 할머니의 아드님이 찾아왔다.

"어머니 잘 보내드리셨지요?"

마음 한쪽이 애처로웠지만, 난 애써 태연한 척 웃어 보이며 물었다.

"어머니가 평소 말씀하시던 대로 군산에다 뿌려드렸어요. 평생을 사신 곳이기도 하고, 항상 그곳으로 돌아가고 싶어 하셨습니다. 여기서 화장한 뒤 군산까지 내려갔다 어제 올라왔습니다."

아드님은 촉촉한 눈시울로 감사드린다는 말을 덧붙였다. 선한 미소는 여전했다.

딱 한 줌의 흙을 보태시겠다더니 할머니는 정말 한 줌이 되셨다. 털털하고 화끈하던 할머니답다는 생각이 들었다. 갈 때도 묘비 하나 없이 탈탈 털고 가셨다. 바다와 바람에 온전히 내어 맡기고서.

아들은 들고 온 비타민 음료를 겸연쩍은 듯 진료실 한구석에 내려놓았다.

"뭘 이런 걸 다 가져오시고…."

"아니, 그냥… 뭐…."

서로 예예 하면서 허리를 굽혔다. 정말 어정쩡한 인사였다. 대화가 길어지면 눈물이 나올 것 같아서 나도 더 말을 잇지 못했다.

가는 사람의 모습이 아름다웠고, 보내드리는 사람의 마음이 예뻤고, 그가 가지고 들어온 비타민 음료에 담긴 그 무언가가 나를 충만하게 했다. 따듯한 온기가 가득 전해졌다.

꞉ 승패와 관계없는
죽음

72세인 김 환자는 작년 크리스마스이브에 폐암을 진단받았다. 단지 기침이 심해서 병원을 찾았을 뿐인데 암 말기라는 날벼락 같은 소식을 들은 것이다. 진단 당시 이미 폐암이 뼈와 흉막 등 다른 장기로 전이된 상태였다. 진단이라기보다는 '선고'였다. 이후 환자는 아들이 보기에도 놀라울 정도로 죽음을 착착 준비했다고 한다. 멀리 살아 보기 어려운 친지나 친구들과는 통화로 인사를 전했다. 상황이 이러하니 곧 갈 것 같다고 말하는 그의 덤덤함 때문에 마음이 덜 슬펐다고 아들이 말했다. 그렇게 한 달이 지났고, 환자는 '선고'가 이행되기를 기다리고 있었다. 합병증으로 폐렴에 걸려 폐부종까지 발생하였다. 호흡곤란으로 걷기조차 힘들었고, 심지어 눕는 것조차 힘들어 비스듬히 앉아 밤을 지새기 일쑤였다. 산소마스크로는 이미 공급할 수 있는 산소량의 최대치를 투여하는 중이었다.

임종을 준비하기 위해 환자는 1인실에서 가족들과 함께 시간을 보내고 있었다. 병실 문을 열고 안으로 들어가보니 부인은 지친 모습으로 소파에 앉아 있었고 환자는 밤새 잠을 못 잤는지 앉은 채 졸고 있었다. 아직 눈이 다 떠지지 않은 환자 얼굴에 대고 안부 인사를 했다. "어젯밤에 좀 주무셨나요? 많이 힘들지는 않으셨어요?"라고 물었고, 환자가 뭐라고 대답했지만 잘 안 들렸다. 숨이 차 말씀하시기도 힘든 분에게 말을 걸고 대답을 기다리는 게 실례가 될 것 같았다. 그래서 잠시 부인과 대화를 나누려는데, 환자가 할 말이 있는지 고개를 들어 뭐라고 또 말했다.

"네? 어디가 불편하신가요?"

내가 되묻자 환자가 느리고 쉰 목소리로 다시 말했다.

"발… 인이 언제냐고?"

환자가 막 잠에서 깬 피곤한 눈을 껌뻑이며 말했다.

"네?" 질문이 너무 엉뚱해 보여 되물었다.

산소를 최대 용량으로 틀어놓은 소리까지 겹쳐 산소

마스크를 낀 환자의 목소리는 너무도 불분명했다.

"오늘이 발인이냐고?"

"발인요? 본인 발인 말씀이신가요?"

다시 되묻는데 아내분이 뒤에서 볼멘소리를 했다. 요즘 힘들어서 그런지 남편 짜증이 늘었다고. 어젯밤도 밤새 졸다 깨다 했다고 한다. 며칠 전부터는 자꾸 본인 장례를 치르고 난 뒤의 발인 얘기를 한단다. 아직 죽지도 않은 양반이 자꾸만 보채고 다그치면서 발인이 언제냐고 묻는다고 했다.

"환자분, 아직 이승이에요, 이승이라고요!"

"오늘이 내 발인이 아니냐고, 발인!"

"아직 이승입니다, 이승!"

내 목소리에 깜짝 놀라 눈빛에 초점이 돌아온 환자가 말했다.

"아이고, 선생님이네. 아직도 나 안 죽었어? 빨리 죽어야지~%$#%$"

환자는 아직도 이승이라는 말에 뭐라고 대꾸하신다. 벌써부터 저승 말을 섞어 쓰시는지 절반은 못 알아듣겠다. 그저 마치 멀리 떠나는 여행객이 기차 시간을 물어보듯 묻는다. 자기 발인이 대체 언제냐고. 발인을 묻는 환자

○

나 거기다 대고 이승이라고 외치는 내 모습이 한편으로는 우습기도 하면서 다른 한편으로는 기발한 아이디어가 떠올라 무릎을 탁 치게 되었다. 병실을 나서는데 나도 모르게 만족스러운 웃음이 나왔다. 어쩌면 죽음은 '이승'일지 모른다. 두 번째 승리라는 말이다. 삶의 기회를 얻은 탄생의 순간을 첫 승, 죽음을 두 번째 승리로 보는 것이다. 말이 됨직하지 않은가. 글쎄, 모두가 동의하기는 어려울지도 모르겠다. 아마 많은 분들이 탄생을 1승, 죽음을 1패로 생각할지 모르겠다. 그래서 잠시 삶과 죽음을 다음과 같은 세 가지의 관점으로 나누어 살펴보았다.

먼저 탄생을 1승, 죽음을 1패로 보는 관점. 삶을 승리로 보는 까닭에 어떻게든 죽음을 뒤로 미루려 애쓴다. 이때의 죽음은 삶의 대척점에 놓인다. 죽음은 언제나 종말이자 심판이며 패배다. '개똥밭에 굴러도 이승이 좋다'는 옛말도 있듯이 이는 가장 보편화된 관점이며, 나의 경험으로 보건대 병원에서 임종을 앞둔 환자나 그의 가족들이 치료 목적을 하루라도 더 살 수 있는 방향으로 결정하는 까닭이기도 하다. 또한 환자의 가족들은 환자에게 시한부라는 상황을 알리지 않는 경우가 많은데, 이유는 환자가 자신의 죽음을 예측하게 될 경우 받게 될 정신적

충격이 크고, 그 충격에 얼마 안 남은 삶마저 포기할 수 있다는 우려 때문이다. 공포와 패배의 그림자를 죽음 위에 짙게 드리웠기 때문인데, 죽음에 대한 이러한 지나친 경계심은 자칫 마지막일지 모를 환자와 가족 간의 소중한 기회용서와 화해, 마무리를 박탈할 위험이 있다.

그래서 어떤 이들은 죽음이야말로 삶을 이겨낸 '승리'라고 추켜세우기도 한다. 탄생과 죽음을 1패 후 1승이라고 보는 관점이다. 이러한 시각이 타당성을 얻으려면 육체는 천박하고 정신은 고상하다는 계층적 구분을 세워야 한다. 그래야만 죽음은 물질을 이긴 정신의 승리, 찰나를 이기고 영원을 쟁취하는 수단이 된다. 하지만 이러한 관점은 불가피한 죽음을 승리로 받아들일 수는 있을지 모르지만, 하나뿐인 삶이 자칫 패배로 경시될 수 있다. 삶을 죽음에 이르기 위한 재물로 여기는 타계 지향적 세계관 속에 갇혀 살아갈 수 있다.

그렇다면 마지막으로 탄생과 죽음 모두를 승리라고 할 수 있을까. 과학적으로 보자면 타당하다. 이야기에 앞서 말하자면, 지금부터 할 얘기는 세포가 탄생한 때이자 지구의 시초인 38억 년 전부터 출발한다. 수억 년 단위의 시간은 일상 감각으로는 셈하기 어려운 장구한 시간임을 염두에 두고 넘어가자.

초기 생명체인 세균을 포함한 단세포 동물은 죽음
이랄 게 없었다. 공간과 영양분만 있으면 영원한 젊음을
누릴 수 있었다. 물론 이들에게도 죽음이 찾아올 때가 있
었는데, 그것은 전체 개체군의 번식 전략이었다. 예를 들
면 바다의 플랑크톤은 먹이가 줄어들기 시작하면 일부 개
체들이 죽음세포자살을 선택하여 전체 개체수를 줄여 전
체의 생존을 도모한다. 죽음은 전체를 살리는, 다시 말하
면 삶이라는 승리를 위한 전략이다. 하지만 환경 조건만
맞는다면 죽음은 필요하지 않았다.

단세포로 살던 생명체들이 언제부턴가 몸집을 키우
기 시작했다. 왜 그랬는지는 모르겠지만, 혼자 살던 세포
들이 모여 살기 시작했고, 더 나아가 서로 역할을 분담하
기 시작했다. 7억 년 내지 10억 년 전쯤 바다에서 일어난
일이다. 몸집이 커지면서 몸을 이루던 세포들은 밥을 먹
는 세포, 밥을 찾는 세포, 세포와 세포 사이를 소통하며
조율하는 세포, 그리고 자손을 낳는 생식 세포 등 각기
전문적인 기능을 갖추게 되었다. 이때부터 지구의 표면은
화려한 동식물로 가득 차게 된다. 그런데 단세포들이 다세
포 동물이 되면서 포기해야 했던 것이 한 가지 있다. 바로

영원한 삶이다. 다세포 동물들은 하나같이 적당히 살다가 죽는다. 환경만 잘 갖춰지면 영원히 살 수 있었던 단세포와 달리 다세포 동물은 어떤 조건에서도 적정 시기에 죽음을 맞이한다. 죽음이 생명 역사의 전면에 등장한 것이다. 단세포 생물이 등장하고 나서 20~30억 년 후에 벌어진 일이다.

즉, 생물은 죽음을 대가로 다세포의 몸을 얻었고, 죽음 없이는 삶도 없는 거나 마찬가지인 입장이 되었다. 죽음은 다세포 동물의 탄생과 더불어 이미 그 안에 심긴다. 넓게 보면 우리의 '의식'과 인간 사회의 문명 역시 죽음이라는 토대 위에 건설된 것이나 다름없다. 죽음이 없으면 삶도, 문명도, 사랑도 없는 것이다. 따라서 우리는 삶과 더불어 삶을 가능하게 한 죽음에도 감사할 수밖에 없다. 순서상 죽음이 삶 뒤에 따라붙기 때문에 두 번째 승리이긴 한데, 가치로 따지자면 삶과 다를 바가 없다. 삶이 승리라면 죽음도 승리인 것이다.

그러나 삶과 죽음을 이렇게 결딴내듯 정리하고 넘어갈 수 있을지 모르겠다. 임종을 앞둔 환자에게 "당신은 승리하는 삶을 지나 마침내 여기까지 왔습니다. 힘들어도 조금만 참으세요. 2승이 기다리고 있습니다!"라고 말할 수 있을까. 당장 나의 환자들만 살펴보더라도 그들이 살았던 삶에 '승리'라는 이름을 붙이기 어려운 경우가 대부분이다. 아니, 그 운명이 하도 기구하여 승리의 가능성조차 열려 있지 않았던 삶이었다는 걸 부인할 수 없다. 그러한 이들에게 당신의 삶과 죽음에 승패를 스스로 매겨보라고 한다면 어떤 대답이 돌아올까. 삶과 죽음이 모두 승리라고 보기엔 너무 평범한 인생이었던 것 같고, 그렇다고 패배라 이름 붙이기엔 자존심이 허락하지 않는다. 어떻게 해야 할까.

미야모토 테루의 소설 『금수』는 불행한 두 사람의 삶을 다룬다. 이 소설에 나오는 몇 가지 문장이 삶과 죽음의 승패보다 더 중요한 것이 무엇인지 말해주는 것 같아 옮겨본다.

"살아 있는 것과 죽은 것은 어쩌면 같은 일일지도 모른다. 그런 아주 불가사의한 것을 모차르트의 부드러운 음악이 표현하고 있는 것 같다는 생각이 들어요."[4]

주인공 아키는 모차르트의 음악 속에서 삶과 죽음이 하나임을 경험한다. 그리고 아키는 전남편의 새로운 여자인 레이코를 용서하면서 이렇게 말한다.

"저는 이 우주에서, 불가사의한 법칙과 구조를 숨기고 있는 우주에서 당신과 레이코 씨가 앞으로도 쭉 행복하기를 기도하겠습니다."[5]

삶과 죽음은 인간이 모두 이해할 수 없는 불가사의한 영역에 속한다는 사실. 이 사실을 정직하게 인정한다면 용서할 수 없는 것을 용서하고, 사랑할 수 없는 것을 사랑할 수 있게 되지 않을까. 그러면 속절없이 당하기만 했던 삶, 불행히도 고생만 하다가 죽음을 앞둔 삶들을 승패와 관계없이 위로할 수 있지 않을까.

: 빗나간
예감

3주 전 협진 의뢰가 들어왔다. 뇌경색으로 신경과에 입원한 어떤 환자가 열이 나기 시작했는데 혈액 검사 결과 염증 수치가 증가했다고 하니 어디선가 세균 감염이 시작된 게 분명했다. 뇌경색으로 의식이 흐릿할 때 생기는 발열의 가장 흔한 원인은 흡인성 폐렴이다. 의식이 흐릿하면 무언가를 입으로 삼키는 연하 능력이 저하되니까 입안에서 생기는 침이 목 안에 고였다가 기도로 넘어가기도 하고, 위에 있던 내용물이 역류하여 일부가 기도로 흡인되기도 한다. 그러면 구강에 정상적으로 존재하는 수많은 세균들이 폐 안으로 들어가 폐렴을 일으키는 것이다. 게다가 이물질이 기도로 넘어가면 발작하듯 기침을 해서 그것을 다시 배출하려는 기침 반사 작용, 이른바 '사레 걸림'이 어렵다.

나는 협진 연락을 받은 후, 평소와 다름없이 청진기 하나만 들고 병실로 올라갔다. 청진만 해봐도 폐렴인지 아닌지는 대체로 나오니까.

　담당 간호사와 함께 병실에 들어갔다. 환자는 74세 여성으로 공동간병인실인 527호실의 창가 쪽에 누워 있었다. 환자의 몸과 얼굴을 보는 순간 나도 모르게 기도했다. 부디, 발열의 원인이 폐렴이 아니기를. 나는 그녀의 주치의가 되고 싶지 않았다.

　환자는 얼굴과 몸이 부풀어 올라 마치 거대한 눈사람 같았다. 부풀어 오른 눈꺼풀과 볼살이 위아래로 압박하여 눈을 뜨기조차 어려워 보였고 턱과 몸통 사이에 목이 파묻혀 보이지 않았으며, 팔다리는 피부가 종잇장처럼 얇아진 데다 여기저기 주사 맞은 부위의 멍 자국이 눈에 띄었다. 심각한 외인성 쿠싱 증후군Exogenous Cushing's syndrome 스테로이드를 장기간 복용했을 때 발생하는 증후군 환자였다. 청진까지 할 것도 없었다. 환자는 힘겹게 호흡 근육들을 움직이며 숨을 유지했다. 가랑가랑하게 기관지에서 가래가 굴러다니는 소리가 들렸으나 환자는 뱉어낼 능력이 없어 보였다. 침상 옆에서도 들리는 거친 숨소리는 청진기를 대어보니 기관지가 좁아져 색색거리는 소리와 함께 들렸다. 기관지 천식도 동반한 모양이다. 머지않아 호흡곤란이 악화되면서 호흡부전에 이르게 될 게 분명했다.

환자는 쿠싱 증후군에 당뇨로 인슐린 치료를 받고 있었다. 그런 분이 뇌경색에 폐렴, 기관지 천식까지 앓게 됐으니 이 정도면 거의 움직이는 종합병원이라 할 만했다. 환자는 앞으로 더 다양한 질병과 증상들을 보일 것이고, 주치의 또한 세심하게 신경 써야 할 것들이 많아질 터였다. 문제는 앞으로 폐렴이 생명을 위협하는 가장 치명적인 요인이라서 주치의가 호흡기내과 의사로 바뀔 것으로 예상된다는 것이었다. 의사라면 누구나 까다로운 환자를 전과받는 일을 별로 달가워하지 않는데, 그렇다고 의사들에게 소명 결핍이라는 도덕적 잣대를 들이댈 수 없는 이유가 있다. 왜냐하면 이것은 마치 기침 반사 같은 것이어서 이성적 차원에서 계산하기도 전에 일어나는 반응이기 때문이다. '부디 내 환자가 아니길' 바라는 기도의 성취 여부는 오직 환자에게 달려 있을 뿐이다.

일은 예상대로 진행되었다. 환자는 호흡곤란이 심해져 중환자실로 옮겨졌고 기관 내 삽관 후 인공호흡기에 의존하여 호흡을 유지하는 상태에 이르렀으며, 나는 주치의가 되어 이 모든 과정을 진행했다. 부풀어 오른 몸에 청진기를 대며 호흡음을 들을 때마다 '이러다 가시겠지, 사실 수 있겠어?'라는 체념에 빠졌던 건 나의 소심함 때문만은 아니었을 것이다. 쿠싱 증후군 환자는 이미 상태가 악화될 거란 걸 예상할 법한 굵직한 요소들을 가지고 있었기 때문이다. 코티코스테로이드Corticosteroid 신체 내에서 세포의 성장과 합성을 조절하며 항염증 작용을 함를 엄청나게 복용한 상태라 면역력이 현저하게 떨어졌을 것이고, 감염에 가장 안 좋다는 당뇨를 오래전부터 앓고 있었고 게다가 가래를 뱉어낼 능력도 없었다. 또한 뇌혈관뿐 아니라 심장 혈관에도 문제가 있어 심장 초음파상 심장의 일부가 제대로 움직이질 않고 있었다. 그럼에도 74세라는 나이는 돌아가시기에 다소 일렀다. 하지만 환자의 나이는 회복에 도움이 될 거란 긍정적인 마음을 주기보다는 이른 나이에 환자를 돌아가시게끔 바라만 본 주치의가 되는 건 아닐까 하는 마음의 짐이 되었다.

대개 예감은 틀리지 않는다. 이 경우 환자가 얼마 견디지 못할 거란 예감의 증거들이 층층이 쌓인 지층처럼 견고했고, 가족분들에게도 최악의 상황을 기정사실처럼 설명해드렸다.

"기관 내 삽관을 하고 인공호흡기 치료를 시작했습니

다. 하지만 시간을 조금 벌었을 뿐입니다. 당장 돌아가시는 것을 막기 위한 조치일 뿐입니다. 당장은 폐렴이 좋아지기 시작해야 하지만, 그러고 나서도 넘어야 할 산들이 많아요. 게다가 심장 기능도 떨어져 있고요. 당뇨로 혈관 상태도 많이 안 좋을 거예요. 갑자기 심장 마비 같은 돌발적인 사건들도 있을 수 있단 걸 알고 계셔야 합니다. 중환자실에서는 종종 있는 일입니다."

그리고 나는 심폐소생술 포기각서까지 받아놓았다. 환자분 몸 상태를 고려했을 때 심장 마사지까지 해야 하는 경우라면 회복할 수 있는 임계점을 넘었다고 볼 수 있다. 불필요한 심장 마사지가 환자의 몸을 더욱 고통스럽게 할 수도 있다는 설명을 들은 환자의 따님은 심폐소생술 포기각서에 사인하였다.

그러나 예감은 빗나갔다. 환자는 너무도 뚜렷하게 병세가 호전되기 시작했다. 다행히도 좋아질 거란 예상이 잘못된 경우엔 가족의 분통과 비난을 사지만, 나빠질 거란 예감이 빗나가고 환자가 오히려 좋아졌을 때 의사를 나무라는 가족은 거의 없다. 이런 경우 가족들에게 내가 즐겨 쓰는 문장은 이것이다.

"어머니께서 아직은 더 살아야 할 일이 있으신 것 같

습니다." 또는 "살고 죽는 문제는 역시! 사람이 결정하는 일이 아닌 것 같습니다. 오직 하늘만이…"

전자는 효심 있는 자녀들에게, 후자는 주로 '믿음' 있는 가족들에게 사용한다. 이번 경우에는 설명할 틈조차 없었다. 가족들은 이미 환자가 좋아지는 모습을 눈으로 확인하고 있었고, 의사의 예상은 기억에서 지워버린 듯했다. 환자는 일주일 만에 인공호흡기를 뗐고, 기관 내 삽관을 제거한 후에도 무리 없이 숨을 잘 쉬었다. 그뿐만이 아니다. 2주가 지나자 몸의 부기가 빠지면서 목이 드러났고, 볼과 눈꺼풀의 부기가 가라앉자 나타난 검고 또렷한 눈동자에 초점이 잡혔다. 3주가 지나자 환자는 일반 병실로 옮겼고, 조금 더 지나자 말을 하기 시작했다. 본인의 이름을 기억해냈고, 어눌한 발음이나마 알아들을 수 있게 말했다. 그리고 드디어 오늘, 내가 질문을 하자 환자가 웃었다. 소리 나지 않는 잔잔한 미소 같은 웃음이었다. 죽으면 웃을 수 없다. 살아도 웃지 않는 삶은 살 만한 인생이 아닐 수도 있다. 웃음은 언제나 인생을 살 만하게 만든다. 환자가 웃음으로 대답을 대신했던 질문은 이것이다.

"요즘 사는 게 어떠세요?"

○

: 생의 끝에서,
작은 웃음

할머니는 2주를 앉아서 지내셨다. 앉은 자세로 오래 버티기 시합이 있다면 기네스북에 오를 일이었다. 환자는 종격동 종괴주기관지와 심장을 출입하는 대혈관들이 모여 있는 좌우의 흉막강 사이의 공간인 종격동에 생긴 종양가 기관지를 누르고 있는 데다 심장 기능까지 시원찮아 누우면 숨이 차올라 견딜 수가 없었다. 구부정하게 앉아 고개를 푹 떨구고 계셨다가, 내가 회진을 나와 할머니를 가까이서 부르면 그제야 고개를 들어 물끄러미 바라보셨다. 뭐라고 말씀이라도 하시면 귀를 입술 가까이 가져가야 들을 수 있었다. 병실 안의 공기가 매우 조심스럽게 할머니의 호흡기로 드나들었다. 색색거리는 소리를 내며 들어갔다가 때로는 콜록대며 급하게 튀어나왔다. 점점 호흡이 얕아지고 기력이 쇠

해갔다. 가쁘게나마 간신히 유지되던 호흡도 오래가지 못할 터라 가족들은 24시간 대기 중이었다. 3일 전부터는 먹을 기운도 없어 곡기도 끊으셨다. 어쩔 수 없이 영양제로 식사를 대체하셨다. 그런데 눕지 못하고 먹지 못하는 것보다 더 큰 문제가 생겼다. 왼쪽 발등에 생긴 상처가 발등 전체로 번졌다. 피부가 괴사하면서 발열과 함께 심한 통증을 유발했다. 좌측 다리가 혈액 순환이 안 돼 상처가 아물지를 못하고 계속 번져간 것이다. 할머니는 계속 고개를 떨어뜨린 채 눈은 붕대가 감긴 좌측 발을 바라보셨다. 일주일 전만 해도 아픈 것 좀 어떻게 해달라던 할머니는 이제 말할 기운조차 없으신지 투정이 줄었다. 마약성 진통제를 써도 통증은 쉽게 가라앉지 않았다. 조만간 괴사된 부위의 감염 때문에 패혈증이 진행될 것이고, 그렇게 끝을 보아야 통증도 끝이 날 것이다.

　얼마 전 아침 회진 때였다. 여전히 고개를 푹 떨군 채 앉아 계신 할머니에게 이것저것 여쭤보았다. 밤에는 좀 주무셨는지, 발이 더 아프지는 않으신지. 숨소리가 거칠어지진 않았는지. 청진을 하려고 할머니와 눈을 마주쳤는데 할머니가 뭐라고 말씀을 하셨다. 그 정도 성량이라면 모기와도 겨룰 수 있을 것이다. 알아들을 수가 없어 몇 번이고 다시 물었다. 할머니는 좀 답답해지셨는지 손가락을 어렵사리 들어 무언가를 가리키며 사력을 다해 얘기하셨다.

"저걸 사주고 싶어."

손가락을 따라가자 피자 광고가 나오고 있는 TV를 확인할 수 있었다. 최선을 다해 뱉은 한마디는 의사에게 피자를 사주고 싶다는 말이었다. 우리는 모두 웃었다. 그 말만으로도 피자를 먹은 거나 다름없는 힘과 에너지가 전해졌다. 물론 영혼의 위장으로 말이다. 난 알았다고, 반드시 사 먹겠다고 말하고 병실을 나왔다.

다음 날 할머니를 다시 만났다. 여전히 같은 자세로 앉아 계셨다. 할머니의 귀에다 대고 큰 소리로 외쳤다.

"피자 먹었어요. 피자… 먹었다고요!"

할머니는 색색거리는 호흡을 쪼개가며 웃으셨다. 작지만 분명한 웃음소리가 들렸고, 작은 목소리도 함께 흘러나왔다.

"돈 줘야지~."

할머니의 귀엽고 작은, 생애 마지막일지 모를 웃음에 우리도 큰 웃음으로 답했다. 아름다운 웃음들이 작은 병실에서 서로 부대꼈다. 마지막 순간까지 집중하고 삶을 누

릴 수 있는 방법을 가르쳐주는 것 같았다. 고통과 죽음에
대한 불안 때문에 삶을 등지지 말라고. 삶은 짠하고 재미
난 것이니까 말이다.

: 의학이 연구하지
않는 것

유 할머니는 응급실로 입원하셨다. 3년 전 뇌졸중으로 거동이 어려워져 침상 생활을 하시던 분이었다. 연세가 아흔하나. 이미 세월을 많이 드신 상태였다. 병실에서 처음 뵈었을 때 할머니는 의식이 혼미하여 대화가 불가능한 상태였다. 폐에 침투한 세균과의 전쟁은 이미 국지전이 아닌 전면전으로 치닫고 있었다. 국소에 불과하던 염증이 전신 염증 반응을 유발한 것이다. 기침과 가래는 물론이고, 체온이 올라가고 심장 박동과 호흡이 빨라지는 등의 전신 염증 반응을 보였고, 의식도 저하되었다. 한눈에 봐도 할머니의 체력으로는 견디기 힘든 중병이었다. 며칠 내로 폐렴이 진행될 것이고 호흡부전으로 사망하실 게 분명했다. 나는 금식, 수액과 영양제 그리고 광범위한 항생제 투여를 지시했다.

할머니의 아드님은 간병인을 따로 두고도 와서 병실을 지켰다. 회진 때마다 병실에 대기하고 있기에 주치의를 만나 환자의 치료 경과를 듣기 위해 기다리는 줄 알았는데, 나중에 간호사에게 전해 들은 바로는 아드님이 종일 환자 곁에 있다고 했다. 아드님은 아침 열 시경에 병원에 찾아와 밤늦게까지 어머니 곁을 지키며 세심하게 보살피고, 어머니의 작은 변화까지도 주시하여 의료진에게 알렸다. 왼쪽 눈에서 눈물이 자꾸 난다고 하여 안약을 처방했고, 가래가 끓는다고 해서 간호사가 수시로 가래를 뽑았고, 호흡이 불편해 보인다고 내게 여러 차례 연락이 왔다. 이 정도면 어머니에 대한 효성만으로 아들의 행동을 설명하기가 부족해 보인다. 그 이상의 이유가 있어야 했다.

아들은 입원 초부터 내게 신신당부했다.

"잘 부탁드립니다. 최고로 좋은 약을 써주세요."

나는 "물론이죠. 최선을 다해볼 텐데, 지금 봐서는 악화될 가능성이 충분합니다"라고 대답했고, 매일 조금씩 안 좋아지고 있다는 걸 설명했다. 아들의 얼굴에는 불안과 초조가 늘 배어 있었다. 악화되어간다는 나의 설명에 아들 입에선 어김없이 깊은 한숨이 새어나왔다.

가족들은 할머니가 고령이라는 점을 생각해 호흡부전 시에 인공호흡기 치료는 하지 않기로 나와 합의했다. 환자에게 불필요한 고통을 유발하는 일이겠다는 판단에서였다. 문제는 환자의 상태가 점차 악화되면서 아드님의 불안도 함께 커져가고 있다는 거였다. 불안에 떠는 보호자는 의료진과 충돌할 뿐 아니라 자칫 환자의 치료 계획에도 나쁜 영향을 미칠 수 있다. 이러저러한 안 좋은 상황이 우려되어 회진 때마다 침상 옆에서 두려운 눈빛으로 이것저것 물어보던 아드님을 병실 복도로 따로 불러 설명했다.

"아드님께서 아직 현실을 납득하시지 못하는 것 같습니다. 이제는 상황을 받아들이셔야죠. 환자가 아침에 촬영한 흉부 사진을 보니 폐렴이 더욱 심해졌습니다. 혈액검사 결과 염증 수치가 증가하고 있어요. 지금 사용하고 있는 항생제가 기능을 못 하는 게 아닌데도 심해지는 걸 보면, 환자의 면역력과 체력으로는 이겨내기 힘든 병을 만난 것 같습니다. 마음의 준비를 하셔야 합니다."

아드님은 알겠다고 대답했지만, 마음의 준비라는 게 의사의 설명 가지고 될 수 있는 건 아닌가 보다. 다음 날 환자의 호흡 양상으로 보아 임종이 임박했다는 걸 확인

할 수 있었고, 가족에게 설명한 뒤 1인실로 옮기도록 지시
했을 때 아드님이 병실 복도에서 나를 불러 세웠다.

"도저히, 도저히 어머니가 돌아⋯."

아드님은 어머니가 돌아가신다는 말조차 차마 입 밖
으로 꺼내지 못하고 한숨을 내쉬었다. 눈에는 눈물이 그
렁거렸다. 죽음이라는 단어를 말로 뱉어 재차 확인하는
것마저 힘들었던 것이다.

"제가 안 됩니다. 받아들이질 못하겠습니다. 지금 당장
은 안 돼요. 인공호흡기 치료를 해주세요. 부탁드립니다."

심폐소생술, 인공호흡기 치료 포기각서에 했던 사인
과 다짐을 번복하겠다고 했다. 어쩔 수 없었다. 나는 아드
님의 이런 결정이 환자분에게 고통스런 시간이 될 수 있
으며, 그럼에도 불구하고 인공호흡기에 호흡을 의지한 채
돌아가실 수 있다는 걸 다시 한 번 확인시켜드렸다.

할머니는 결국 인공호흡기에 의존하여 생명을 연장
하게 되었다. 썩 내키지 않는 결정이었다. 난 질병을 상대
해야 하는 의사인데, 이제는 '노화'와 '죽음'을 상대하기 위
해 칼을 뽑아야 하는 것이다. 뻔히 질 수밖에 없는 경기
다. 그래도 혹시 모른다. 아직 환자에게 남아 있는 '삶'이
있을 수도 있다. 물론 '노화'를 상대로 이겨보겠다는 게

아니다. 상대가 다행히 '질병'이라는 통제 가능한 선수였던 것이 나중에 드러날지도 모른다는 희망을 가져보자는 것이다. 떠밀려 올라온 경기장이지만 승패가 결정 날 때까지는 달려야 한다. 일단 인공호흡기 치료를 시작하면 가망이 없어 보인다고 해서 중간에 임의로 중단할 수가 없기 때문이다. 인공호흡기 치료 3일째에 이르자 다행히 혈압은 다소 안정되었다. 호흡이 다시 원활해지면서 이산화탄소 수치가 교정되자 의식도 조금 돌아왔다. 아드님은 기쁜 표정으로 고맙다고 했다. 환자가 힘겹고 지루한 싸움을 지속해야 한다는 생각 때문에 감사 인사가 그다지 기쁘지 않았다.

환자의 아들은 무엇이 그토록 두렵고 불안한 것일까? 마음의 준비를 할 충분한 시간이 있었다. 그러나 아들은 어머니가 없는 세상을 받아들일 수 없었다. 왜일까.

아드님과 진료실에서 면담을 하던 때였다. 나는 환자의 경과를 설명한 후 아드님께 물었다.

"아직도 마음의 준비를 못 하셨지요? 어머니가 자녀분들에게 애틋하게 대해주셨던가 봅니다."

"73년을 어머니와 함께 살았어요. 평생을 한집에서 살았습니다. 어머니가 돌아가시리라고 생각을 해본 적이 없어요."

"집에 두 분 말고도 있잖아요. 며느님도 계셨을 테고, 다른 가족들도…."

설마 두 분끼리 의지하며 사신 걸까 싶어 묻는데 아드님이 대답했다.

"물론 며느리도 있지요. 손주도 있고요. 저도 낮엔 직장 나가고 그렇게 지냈어요. 근데요, 이렇게 크게 아파본 적이 없으세요. 허리를 다쳐서 수술받으신 적은 있어도 이렇게 위독하신 적은 처음이세요."

어머니가 그동안 건강했다는 사실이 마음의 준비를 못 할 만한 이유는 되지 못한 것 같았지만, 아드님은 그것 말고는 다른 이유를 대지 못했다.

"어머니가 안 계시다니 생각만 해도 아찔해요. 어제는 중환자실에서 다른 분이 돌아가셔서 보자기에 싸여 나가는 걸 봤는데, 어휴… 보기만 해도 아찔하고 어지러웠습니다."

아들은 나의 우려와 걱정을 인지했는지, 대화 말미에 마음의 준비를 해보겠노라고 말한 후 진료실을 나갔다. 그나마 다행이었다.

"그렇습니다. 알아요. 저도 나이가 있어서 아는데, 잘 안 되네요. 하여간 고맙습니다."

천선영은 그의 책 『죽음을 살다』[6]에서 오늘날 현대인들이 죽음 앞에서 더욱 심화된 고립감과 두려움을 느끼는 이유를 근대 사회의 구조적 성격에 있다고 보았다. 첫째는 죽음을 맞이하는 가족 단위가 이전보다 작아졌다는 것이다. 근대 이전의 사회에서는 공동체 전체가 한 사람의 임종과 장례에 관여했다. 그러나 현대 사회에서는 오로지 직계 가족 단위의 몫으로 국한되기 때문에 가족 구성원의 죽음을 맞이하는 심리적, 경제적 여파가 그만큼 크다. 두 번째 이유는 근대 이후 발달한 과학의 영향을 받은 세계관이다. 현대적 세계관은 죽음에 대한 제의적, 상징적 의미를 소멸해버렸다. 죽음을 어떤 의미 구조 안으로 끌어들일 여지가 없어져버린 것이다. 더불어 현대인은 과거에 비해 자신을 더욱 독립된 개체로 인식하다 보니 외로움과 고독을 더 인지하게 된다. 이러한 이유들 때문에 현대인은 죽음을 과거와 다르게 바라보고 다른 방식으로 맞이한다.

유 할머니의 경우도 아드님 홀로 병실을 지키며 환자의 죽음에 대한 방식과 절차에 대한 논의 역시 두어 명의

∘

062

가족들에게 의견을 물어보았을 뿐이었다. 그는 어머니의 죽음 앞에서 철저히 외로웠고, 이는 그의 얼굴과 행동에 그대로 드러났다. 그에게 어머니의 죽음은 영원한 이별일 뿐이다. 오늘날 많은 현대인과 마찬가지로 그에게 죽음이란 몸이 땅에 묻힌 채 썩어가는 종말일 뿐인 것이다.

죽음이 전문화, 의료화된 것도 문제다. 오늘날 대부분의 사람들이 병원에서 태어나고 병원에서 죽어가지만, 정작 병원에서는 임종을 병원의 업무로 이해하지 않는다. 의학은 아프기 이전의 삶을 회복하고 생명을 연장하기 위한 학문이지, 어떻게 죽음을 맞이해야 할 것인가에 대해서는 연구하지 않는다. 난 의사가 되는 과정에서 임종하는 환자에게 무슨 말을 해야 하고 어떻게 행동해야 하는지를 체계적으로 교육받지 못했다. '더 이상 해드릴 수 있는 게 없습니다'란 말은 말기 질환으로 죽음에 임박한 환자들에게 의사들이 종종 하는 말이다. 나 역시 유 할머니의 아드님에게 마음의 준비를 하시라는 말 외에는 어떤 것도 건넬 것이 없었다. 많은 사람들이 병원에서 죽음을 맞지만 의학은 또는 의사는 여전히 삶에만 집착하고 있지 않은지. 죽음이 일상화된 병원이지만, 아직도 병원은 죽음을 맞이할 준비가 덜 되어 있다.

한 달하고도 보름의 시간이 흘렀다. 환자는 인공호흡기로부터 자유로워졌으며, 2주 전부터 일반 병실로 전실한 상태였다. 그동안 폐렴이 재발하여 한 차례의 위기가 더 있었지만, 전반적으로는 꾸준히 회복세를 유지했다. 환자는 기력이 없어 하루의 대부분을 눈을 감은 채 지내왔는데, 가족이 오거나 회진 때 소리를 내어 부르면 눈을 뜨고 간단한 대화를 나눌 수 있었다. 최근에는 눈빛을 마주치는 시간이 늘어났다. 어느 날 오후 회진 때는 할머니의 손녀가 옆에 있었다. 나를 보자마자 손녀가 할머니더러 손짓, 몸짓으로 뭐라 말했다.

"할머니, 말해~ 빨리, 아까 말했던 거 말해봐~."

이제 곧 옹알이를 시작한 아기를 달래듯 손녀는 할머니를 어르고 달랬다. 할머니가 쉽게 반응을 하지 않고 빤히 나만 쳐다보고 있으니 안달이 난 손녀가 다그친다.

"할머니, 뭐해~ 빨리, 말했잖아, 아까 뭐라 그랬어요~."

몇 차례의 다그침과 강요(?) 끝에 할머니가 입을 열었다.

"배고파요… 밥 주세요…."

환자가 옹알이에 성공하자 손녀는 재밌고 행복한 듯 웃으며 박수쳤다.

"선생님 할머니가요, 맞은편 환자가 밥 먹는 것처럼 밥 먹고 싶다고 했어요. 정말 그랬다고요."

환자는 이제 물 삼키는 연습을 시작했다. 한 달이 넘는 기간 동안 콧줄로 유동식을 섭취했었는데, 최근 몸 상태가 호전되면서 연하 움직임도 가능해진 것이다. 이틀 후부터는 입으로 식사를 시도해보기로 했다. 환자가 더욱 좋아지는 과정을 가족들은 행복한 눈으로 지켜보았다. 아드님은 "이제는 마음의 준비를 할 수 있게 된 것 같다"고 말하며 만족해했다.

환자가 얼마나 더 가족들과 함께할 수 있을진 아무도 모른다. 그러나 확실한 것은 그 얼마의 시간이 가족들에게는 더할 나위 없이 귀하다는 것이다.

II   우리 사이에

피어나는 　생

: 겨울나무의
　소원

오랜만에 동네 공원을 지나는 길로 출근했다. 날씨 참 좋다고 작은 목소리로 중얼거리며 걷는데, 정말 '깜놀'할 장면이 눈앞에 펼쳐져 있는 게 아닌가. 공원이 온통 천연색으로 뒤덮여 있었다. 공원에 가까이 갈수록 꽃의 윤곽이 드러났다. 꽃들은 징그러울 정도로 오밀조밀하게 모여 하늘을 향해 고개를 쳐들고 있었다. 그들은 양보 없이 자신의 빛깔을 자랑했고, 팽창한 얼굴과 얼굴 사이에는 숨쉴 공간조차 보이지 않았다. 마치 갓 태어난 아기 새들 수만 마리가 어미를 향해 입을 벌리고 있는 모습 같았다. 빳빳하게 쳐든 모가지에는 먹이를 먹고야 말겠다는 의지가 서려 있었다. 가까이 다가가보니 만개한 꽃들 사이사이 그들의 역사를 기록이라도 하듯 조그만 새순부터 꽃잎을 벌리기 전 알사탕 크기의 봉오리까지 꽃의 성장기가 한데 모여 있었다. 생명의 심장부에서 퍼 올린 힘을 퍼뜨려 도도한 꽃송이를 만들어내는 에너지! 내 마음도 덩달아 들떠 피어나는 듯했다.

봄꽃이 전하고 싶은 의미는 '살고 싶다는 의지'가 아닐까. 여기 죽지 않고 살아남았다는 사실을 넘어 '내가 여기 살아야겠다'는 의지를 보여주려는 것은 아닐까. 일주일 만에 공원의 경관을 전부 바꿔놓은 힘을 이렇게나마 설명할 수 있을 것 같다. '의지'가 충천한 공원을 맞닥뜨리자 돌연 의미 있게 살고 싶어졌다. '의지'도 전염되나 보다.

아침부터 기를 잔뜩 받아 소매를 걷어 올리고 중환자실 회진에 나섰다. 그러고는 컴퓨터 모니터 앞에 앉아 그날의 혈액 검사와 X-ray를 확인하고, 환자에게 투여한 수액량과 소변 배출량을 확인하고 몇 가지 전해질을 교정한 뒤 필요한 검사를 추가로 처방했다. 그날따라 간호사가 전하는 환자의 상태가 귀에 쏙쏙 들어왔다. 처방도 바로바로 튀어나온다.

첫 번째 환자. 근력을 회복해야 사는 분이다. 인공호흡기의 1회 호흡량이 조금 늘었다. 호흡 근력이 돌아오는 중인 것 같다. 팔을 움직이지도 못하던 분인데, 좌측 팔을 45도 가까이 들어 올렸다.

"오! 좋아요, 좋습니다."

나는 감탄사를 연발했다. 평소보다 약간 과잉 흥분 상태임을 자각할 수 있었다.

두 번째 환자. "좋아, 이분은 혈압만 안정되면 돼. 주 말까지만 중환자실에 있으면 되겠네."

패혈성 쇼크까지 진행되던 분인데 상태가 좋아지고 있었다. 다 내 덕분인 것만 같았다. 회진이 뭐, 일사천리다.

그리고 세 번째 환자. 이분은 들을 순 있는데 말을 못 하신다. 근력이 약화되는 희귀 질환인 루게릭병을 앓고 계 신 분인데, 근력 약화가 호흡 근육까지 진행되어 인공호흡 기에 의존하였고, 말을 못 하기 때문에 화이트보드에 메 모를 남겨 의사를 전달해왔다. 그마저도 지난 2~3주간은 특별한 의사 표현이 없었기에 이제 글을 쓸 만한 근력도 남지 않으셨나 보다 짐작했다.

그런 분이 몇 주간의 침묵을 깨고 의사 표현을 하셨 다. 직접 쓴 엉성한 글씨로 메모를 남기셨다. 내용을 요약 하자면 이렇다.

"○월 ○일 딸 결혼식입니다. 핸드폰 사용하게 해주

세요. 문자, 카톡, 사진 보고 싶습니다. 죽기 전 소원입니다. 존경하는 선생님, 감사합니다."

중환자실에서는 핸드폰 사용이 금지라 면회 시간에 부인 핸드폰으로 딸과 대화하고 싶다는 의사를 표하신 것이다. 병원 생활만 3개월째 되신 분이었다. 폐렴이 반복되었고, 몇 번의 죽을 고비를 넘겼기에 다음 고비는 못 넘기리라 예상되는 분이었다.

어떠한 의사도 표명할 수 없으실 거라 단정 지었기에 주치의로서 부끄러웠다. 메모판에 쓰인 글씨가 무겁게 느껴졌다. 묵직하고도 치열한 '생의 의지'가 느껴졌다. 그것은 화려한 봄나무나 무성한 여름나무도 아닌 겨울나무의 의지였다. 환자는 겨울나무처럼 앙상하고 어설프지만 절절한 마지막 '소원'을 전해 왔다.

겨울나무는 대지에서 에너지를 얻는다. 땅에 붙어 있는 한 겨울나무에도 봄은 온다. 바스라질 듯 연약한 인간의 몸에도 봄이 올 수 있을까. 다시 푸르고 장엄하게 피어날 수 있을까. 손에 들린 메모판의 글씨들이 그럴 수 있다고 말하는 것 같았다.

: 의욕 잃은 삶에
물 뿌리기

어쩌면 이렇게 환자에게 아무런 의욕이 없을 수 있을까. 언젠가부터 507호실만 들어갔다가 나오면 습관처럼 이 질문을 던지게 됐다. 하도 답답하여 간호사에게 묻고 따지면 간호사는 왜 나한테 그런 질문을 하느냐는 표정을 지었다.

"간호사! 여기 의욕 두 앰플 아침저녁으로 주세요. IVIntravenous의 약자. 혈관 주사로 약제를 투여할 때 많이 쓰는 말로."

듣거나 말거나 농담이니까 내뱉고 말아버리는 이 어이없는 처방에 나도 간호사도 피식 웃는다.

73세 최 환자는 좁쌀 결핵이라는 병으로 응급실을 통해 내원했다. 좁쌀 결핵은 결핵균이 혈액을 타고 폐,

비장, 간, 골수 등 전신에 퍼지는 질환이다. 결핵으로 인한 좁쌀 모양의 결절이 폐 전체에 퍼져 있는 것을 흉부 CT Computed Tomography상으로 확인할 수 있는데 이 때문에 좁쌀 결핵이라고 부른다. 경우에 따라서는 뇌수막염 등 치명적인 합병증을 일으킬 수도 있다. 전신에 염증 반응을 일으키기 때문에 환자는 발열, 쇠약, 체중 감소 등의 증상을 보인다. 최 환자는 지난겨울 내내 집 안에 누워 무기력하게 지냈다고 했다. 워낙에 매일 술을 드시던 분이라 처음 몇 주는 술병 때문일 거라고 가족들이 오해했다고 한다. 그러다 환자가 점차 쇠약해지고 나중에는 며칠째 먹지도 못하는 상태가 지속되니, 저러다 죽겠다 싶어 그제야 119를 불러 응급실로 내원한 것이다.

입원 당시 환자는 이미 걷기도 힘이 들어 죽은 듯 누운 채 가벼운 호흡만 몰아쉬는 상태였다. 환자의 결핵은 폐는 물론 골수까지 침범한 상태였다. 혈색소 수치가 6.0mg/dL까지 떨어져 있었다. 남자의 경우 정상이 13mg/dL이상인데, 이에 절반도 안 되는 수치다. 골수에서 피를 못 만들어내고 있다는 증거다. 혈색소는 적혈구에 박혀 산소를 실어 나르는 단백질이다. 혈색소가 부족하다는 말은 각 조직으로 산소를 실어 나르는 능력이 떨어진다는 의미고 이는 피로와 쇠약감 등의 증상으로 환자에게 나타난다. 의욕 결핍의 원인은 이것 때문일 수도 있다. 전해질 수치도 엉망이었다. 나트륨은 124mEq/L까지 떨어져 있었다. 바닷속이나 암석에 존재하는 이 광물질이 몸에 적게 들어 있으면 구토, 쇠약감, 혼미 등의 증상을 겪게 된다. 다른 전해질들과 함께 체액 속에 삼투압을 유지하는 이 나트륨은 특히 신경 전도에 탁월한 능력을 발휘한다. 기다랗게 생긴 신경 세포의 한쪽 끝에서 다른 쪽 끝으로 신경 신호를 보내는 과정에 주로 나트륨이 관여하기 때문이다.

그러나 걱정할 것 없다. 현대 문명은 일찍이 나트륨을 마그마에서 솟아나는 독가스인 염소와 결합해 소금이라는 먹을 수 있는 분자 덩어리의 형태로 발견하지 않았는가. 게다가 소금을 체내에 바로 주입할 수 있는 생리 식염수라는 훌륭한 제품도 있다. 빈혈도 무서울 게 없다. 병원에는 면역 거부 반응 없이 환자에게 다른 사람의 피를 수혈할 수 있는 시스템이 갖춰져 있다.

환자는 적절한 처방을 통해 수액과 수혈을 받아 몸 상태가 안정되기 시작했다. 창백한 얼굴엔 분홍빛 생기가 돌고 근력도 돌아왔다. 이때만 해도 환자에게 빨리 회복해야겠다는 의지가 있었다. 그래서 쉽게 낫지 않는 몸 상태 때문에 의료진에게 불평도 하고 투정도 부리고 퇴원이 언제냐고 묻기도 했다. 그러나 좁쌀 결핵은 쉽게 물러나지 않았다. 나아지는가 싶다가도 고열과 그로 인한 근육통이 밤새 계속되기도 했다. 흉부 사진에 보이는 결핵으로 인한 폐 병변도 기대보다는 낫는 속도가 느렸다.

더욱 심각한 문제는 환자의 의지가 언제부터인가 꺾이기 시작했다는 것이다. 입원 기간이 한 달이 지나면서 환자도 심적으로 지쳤는지, 치료에 대한 의욕이 점차 사라졌다. 식사량도 줄었다. 나중에는 검사상 모든 수치가 호전되고 열도 떨어지고 방사선 사진 결과에서도 뚜렷한 회복세가 보이는데도 불구하고 환자의 무기력이 점차 심해졌다.

의욕이 사라지면 우리 몸의 에너지는 위에서부터 아래로 고갈되는 경향이 있다. 가장 먼저 영향을 받는 곳이 머리다. 머릿속에 재미난 게 하나도 없다. 재미가 사라지면 증상이 팔다리로 내려온다. 만사가 귀찮고 움직이기 싫어 아예 종일 누워 있기 시작한다. 잠을 자든 말든 침상에 누워 있는 게 환자의 하루 일과가 된다. 뒤통수엔 삼면을 가로지른 가르마를 그린 채 새우 모양으로 굽어 누워 상대방이 하는 질문에 고개를 끄덕이는 정도로만 대꾸하게 된다.

다음 단계는 식욕 저하다. 어느 순간 입에 음식을 집어넣는 행위가 생존을 위한 노역이 되니, 그 일을 간병인이 대신한다. 의사가 밥이 약이라고 타이르고 달래가며 식사를 종용한다. 분명히 병원에 처음 왔을 때보다 검사 수치들이 좋아졌는데도 잘 먹지를 않으니 기운이 없어 근력이 저하되고 점차 몸이 위축된다. 이 환자는 발뒤꿈치에 욕창까지 생겼다.

의욕 상실이 마지막 단계에 이르러 맨바닥이 드러나면, 사람은 똥 눌 의지마저 잃는다. 이럴 땐 똥이 알아서 밀고 나와야 한다. 507호 간병인은 나에게 항상 그날 아침 환자의 똥이 어떤 모양으로 밀고 나왔는지를 묘사했다. 공중에 그 장면을 양쪽 검지로 그리곤 했는데, 어떤 날은 미끈하고 언제는 굵고 딱딱했고, 또 어떤 날은 그마저도 나오다 막히는 바람에 손가락으로 파냈다는 등의 묘사…. 굳이 구체적인 설명까지는 안 해도 될 텐데 하지 말라고 할 수도 없어 다 들어야 했다.

우울증인가 싶어 정신과에 협진을 의뢰하여 약도 처방해보았지만 소용없었다. 스테로이드 호르몬제를 처방해보아도 효과가 없었다. 결핵이 악화된 건지 다시 추적 검사를 해보았지만 양측 폐 전체에 퍼져 있던 좁쌀들은 이미 상당 부분 소실된 상태였다. 치료 과정이 지연되면서 생긴 무력감은 일방통행로를 달리는 기차처럼 아래로 내달렸다. 나에겐 그 열차를 멈춰 세울 수 있는 처방이 없었다. 대체 무엇이 문제일까?

나름대로 생각해본, 정체를 알 수 없는 무력감의 원인은 애정 결핍이다. 환자는 너무 오랜 시간 누구에게도 관심 받지 못했고, 좀처럼 흥미 없는 삶을 술로 위로해왔다. 술에 의존하는 만큼 타인의 관심과 손길이 멀어져갔고, 이러한 악순환이 심적 결핍을 불러일으켰을 것이다.

평소와 달리 지금 환자 곁엔 많은 이들이 오간다. 자녀도 가끔 찾아오고 언제나 간병인이 옆에 붙어 관심을 가지고 도와준다. 간호사는 하루 여섯 차례 혈압과 맥박을 재기 위해 수시로 병실을 찾는다. 의사도 하루 두 번은 안부를 묻는다. 이런 일상적인 접촉조차 환자에겐 매우 낯설 것이다. 어쩌면 지금 환자는 '함께 지내는 방'과 '사람들과 떨어져 '혼자 지내던 방'의 경계선에서 외로워하고 있는지도 모르겠다. 그 갈등의 표현 방식이 극도의 권태로 표출되고 있는 건 아닐까.

여기에 권태를 가져온 또 다른 원인이 있을 수 있겠다. 그것은 알코올 중독과 결핵으로 인해 달라진 '외모'다.

환자는 몸이 어느 정도 회복되고 정신이 맑아지자 질병으로 인해 180도 달라진 자신의 모습을 확연히 인지하게 됐다. 보통 결핵과 같은 소모성 질환은 외모가 많이 변한다. 근육이 퇴화하여 사지는 메말랐고, 광대와 늑골은 선명하게 드러났다. 그는 과거와 너무도 달라진 자신의 모습을 혐오하게 된 게 아닐까. 이제 다시는 과거로 돌아갈 수 없다고 체념하게 된 것은 아닐까.

원인이 무엇이건 간에 의욕은 외부에서 오지 않는다. 그것은 내부에 심겨진 씨앗이 발화하는 것이다. 타인이 강제적으로 주입한다고 되는 게 아니다. 나트륨처럼 합성된 가공물로 보충해주거나 수혈처럼 다른 사람의 몸속에 있는 것을 꿔다 줄 수는 없지만 씨앗에 물을 뿌려줄 수는 있겠다. '혼자 사는 방'으로 다시 돌아가지 않아도 될 거란 확신, 사랑받으며 따듯한 관계 속에 살 수 있을 거란 희망, 늙어가는 몸의 아름다움, 당신의 존재만으로도 힘이 되는 가족들과의 대화. 환자에겐 말라비틀어진 씨앗에 촉촉이 스며들 이슬과 같은 이런 것들이 필요하지 않겠는가.

: 하루하루
마음 리셋

불과 몇 년 사이, 그의 몸은 감당할 수 없을 만큼 늙어버렸다. 마치 오직 혼자서만 시간을 붙잡아두는 강력한 중력장으로부터 멀어진 것처럼, 남들보다 수십 배 빠른 속도로 세월을 흘려보냈다.

내가 그를 처음 만난 게 2년 전이다. 그는 루게릭병이라는 희귀병을 앓았다. 운동신경세포만 선택적으로 소실되는 이 질환은 병이 진행되면서 온몸의 근력이 점차 약해진다. 보통은 팔다리 근력부터 시작해 나중에는 호흡 근력마저 약화되어 호흡부전으로 사망한다.

폐렴으로 입원한 그는 이미 수년 전에 루게릭병을 진단받은 상태였다. 근력이 약해서 힘든 일은 하지 못했지만, 아직 걷거나 혼자서 식사하는 등의 일상적인 활동은 가능했다. 폐렴으로 입원 치료 후 퇴원을 한 뒤에도 그는 불편한 몸 때문에 이런저런 이유로 병원을 자주 드나들었다.

1년 전부터는 음식이나 물을 삼키는 연하 동작이 어려워져서 입으로 먹기를 중단하고 콧줄이라고 불리는 레빈튜브Levin tube를 통해 유동식을 섭취하기 시작했다. 6개월 전부터는 휠체어를 이용하기 시작했다. 그리고 3개월 전부터는 근력 약화가 호흡 근육까지 진행되어 인공호흡기의 도움을 받아야 했다. 숨이 찰 때마다 마스크를 입에 대고 기계를 작동하면 환자 호흡의 리듬에 맞게 세팅된 바람의 출력을 조절할 수 있다. 환자는 숨이 차거나 잠잘 때 기계의 도움을 받았고, 기계는 집에서도 사용이 가능했기에 입원 치료까지는 필요 없었다.

그러나 환자는 응급실을 통해 중환자실로 들어온 이후로는 24시간 내내 기계의 도움을 받아야 호흡이 가능했다. 중증 폐렴의 후유증으로 근력과 폐 상태가 더욱 나빠졌기 때문이다. 입원 중에 기관지 절개술을 하였다. 목 중앙 부위의 피부를 관통해 들어간 튜브는 환자의 호흡기관과 인공호흡기를 매개하였고, 이는 더 이상 공기가 성대를 통하지 않고 호흡을 유지한다는 뜻이었다. 말을 할 수 없게 된 것이다.

　이제 환자는 목소리가 아닌 문자로 의사를 전달하게 되었고, 가족들은 노트와 펜을 환자의 머리맡에 두어 필요할 때 언제라도 이용할 수 있게 도왔다.

　폐렴이 호전되어 중환자실에서 일반 병실로 전실한 날 환자가 내게 처음 한 말, 아니 처음으로 써준 문장은 이것이었다.

　"이제 저는 어떻게 되는 거지요?"

　마치 새로 태어난 생명이 던지는 질문 같았다. 알에서 갓 깨어나 세상을 처음 바라본 아기 새의 마음이나, 초봄 고목을 뚫고 돋아난 새순의 마음이 이와 같을 것이다. 기계 호흡에 의존한 채 맞이한 세계는 환자에게 과거와 전혀 다른 세상이었을 것이다.

　"아… 네, 일단 기계 호흡을 잠시라도 뗄 수 있는지 경과를 지켜봐야겠습니다. 아직 폐렴 치료가 완전히 끝난 건 아니니까요."

　나는 일단 상황을 모면하는 대답을 택했다. 차마 루게릭병의 진행 경과로 볼 때 병은 이미 호흡 근육까지 침범한 상태며 다시 근력이 회복될 가능성은 별로 없어 보인다는 정직한 답변을 할 수가 없었다. 환자 스스로 알게 될 것이다.

　루게릭병은 운동신경세포를 소멸시키지만, 감각 신경은 건드리지 않기 때문에 누워서 경험하는 온갖 불편한 느낌들은 고스란히 느껴야 했고, 이는 환자 스스로 해결할 수 없는 것들이었다. 가장 큰 문제는 호흡이었다. 가래가 조금만 있어도 환자는 호흡이 불편했고, 그것은 곧 죽음에 대한 불안감으로 이어졌다. 수시로 간병인이 석션을 했지만, 환자는 며칠에 한 번씩은 호흡곤란으로 고통을 겪어야 했고, 그것을 메모지에 글로 적어 회진 때 내게 알렸다.

　또 한 가지 그를 크게 괴롭힌 것은 변비였다. 환자는 '뒤무직'이라고 배변 후에도 내리누르는 것 같은 묵직한 통증을 호소하였다. 대변이 직장에 남아 통증을 유발하는 것이다. 변비약에 관장까지 해보았으나 효과가 없었다. 환자가 노트에 적어 보여주었다.

　"제발 좀 어떻게 해주세요. 미치겠어요. 앉아서 볼 때처럼 나오질 않아요." 변비는 수시로 그를 괴롭혔고, 어떤 날은 Finger enema관장를 하기도 하고, 결장 내시경을 하기도 했다.

　"목이 안 움직여요. 좌우로는 되는데 위아래로는 안

돼요."

　의지대로 움직일 수 있는 근육이 별로 남아 있지 않은 상황이었으므로, 작은 변화 하나도 환자에게 큰 상실감이 될 수 있었다. 고개를 더 이상 끄덕일 수 없게 된 날, 환자는 긴 시간 동안 노트에 글씨를 적었다. 보아하니 환자가 크게 실망하거나 슬퍼하지는 않는 것 같았다. 환자가 시간이 지날수록 생각만큼 쉽게 해결될 문제들이 아니란 걸 알게 되면서 어느 정도 이 모든 상황에 체념하는 게 눈에 보였다. 질문도 눈에 띄게 사라졌다.

　루게릭병이란 '몸'이라는 수용소에 '정신'이 갇혀버리는 사건이다. 정신은 맛보고 만지고 움직이면서 몸과 함께 성장해야 하는 것인데, 어느 날 몸만 갑자기 늙고 굳어버린다면 '움직이지 않는 몸' 안에 갇혀버린 젊은 마음은 어떻게 해야 할까. 몸을 거부하고 끝끝내 가질 수 없는 팔팔한 신체를 그리워하면서 우울해야 하는 걸까.

　하지만 이 환자는 생각보다 우울감에 갇히지 않았고, 때론 유쾌하기까지 했다. 변비가 해결되어 뒤를 내리누르는 듯한 통증에서 해방되었을 때 환자는 기분 좋다며 엄지손가락을 치켜들었다. 좀 더 편안하게 기계와 몸을 연결하는 Y커넥터를 사용하게 된 후에도 환자는 어떻게든 만족감을 표현하려 노력했다.

한번은 병실 입구에 들어서자마자 무슨 할 말이 있는 듯 환자가 손을 들어 나를 불렀다. 가까이 다가갔더니 급하게 사인펜을 찾아 들고, 무릎을 끌어당겨 위에 노트를 얹고 무언가를 적으려 했다. 노트의 빈 페이지를 찾기 위해 분주히 노트를 넘기는 그의 얼굴이 무척이나 밝았다. 궁금해하며 모두가 기다리고 있을 때, 간병인이 먼저 말을 걸었다.

"어제 휠체어 탔다는 말씀을 하려고 하세요?"

환자는 그렇다며 엄지와 검지를 이용해 찌그러진 동그라미를 만들었다. 입꼬리도 살짝 올라갔다. 나는 환자가 치열이 드러날 정도로 활짝 웃는 모습을 상상했다. 그는 얼굴로 자신의 감정을 표현할 만큼 안면 근육의 움직임이 원활하진 않았지만, 그럼에도 어떻게든 웃으려고 애를 썼다.

나는 경축할 일이라며 환자를 격려했다. 환자는 앞으로도 열심히 운동하시라 말하며 돌아서는 나를 붙들어 세우고 무언가를 적어 보였다.

"넵! 감사합니다.^^"

그는 항상 미소 이모티콘으로 문장을 끝냈다.

환자가 이렇게나 유쾌할 수 있다는 게 감탄스러웠다. 비결이 뭘까? 내가 이 환자를 지켜보면서 알게 된 비결 하나는 마음을 매일 리셋하는 것이다. 과거의 기억을 망각할 순 없지만, 과거의 굴레에서 벗어나 오늘의 나를 기준으로 자신을 인식하는 것이다. 사람들은 자신이 이때껏 쌓아온 업적, 몸에 밴 습관 등 과거의 모든 것들이 축적되어 이룬 나를 기준으로 오늘을 살아가다 보니 자꾸만 만족스럽지 않은 과거에 발목 잡혀 행복한 삶을 누리지 못한다. 과거를 부정하라는 것이 아니라 지금 이 순간의 감정과 느낌에 충실할 것. 루게릭 환자는 이 비법을 충실히 수행하는 것 같았다. 그에게 과거의 투병과 아픔은 현재 중요하지 않았다.

두 번째 비결은 소소한 일에도 기쁨을 표현하는 것이다. 환자는 사소한 문제일지라도 해결되고 나면 크게 기뻐하면서 의료진에게 감사하다는 말을 빼먹지 않았다. 기쁨은 소모품이 아니다. 오히려 쓰면 쓸수록 늘어난다는 걸 환자도 알고 있는 듯했다.

꼼짝없이 자석처럼 붙어 있어야 하는 작은 침대 위에서도 감사할 수 있다는 게, 눈웃음 이모티콘을 사용하

고 엄지를 치켜세우는 환자의 모습이, 모든 걸 다 갖추
고도 때때로 기쁨을 느끼지 못하고 사는 나를 부끄럽게
한다.

: 할머니와
아롱이

"할머니 그러지 말고 한 번만 하세요."

"싫어, 안 해."

"제가 이걸 봐야 더 잘 치료해드릴 수 있어요. 폐 기능이 개선되질 않잖아요. 약을 3개월이나 썼는데 효과가 거의 없는 게 이해가 안 돼서 그래요. 한 번만 하세요."

"싫어 안 할래. 돈도 없고…."

"돈 별로 안 들어요. 걱정 마세요. 싸게 해드린다잖아요. 잠깐이면 돼요. 아시겠죠?"

"그래서… 이거 해서 개털 알레르기라도 나오면 어떻게 해. 안 한다고."

"누가 헤어지라고 했나요? 같이 더 잘 살게 해드리려고 그러는 거예요."

○

"안 그래도 동네 사람들이 내다 버리든가 어떻게든 하라고 한다고. 가축병원에 주고 3만 원이면 죽인다나? 에이구! 난 못 해. 오늘은 그냥 약이나 주세요."

이 대화는 천식 환자인 박 할머니와 진료 중에 나눈 것이다. 나는 알레르기 검사를 하라고 설득하고, 할머니는 안 하겠다고 버티셨다. 할머니는 5개월 전 처음 진료실을 찾은 후 여태까지 천식 치료를 받고 계셨다. 처음보다는 좋아졌지만 기대에는 훨씬 못 미친다. 폐 기능도 호전과 악화를 반복했다. 아직도 조금만 걸어도 숨이 차고 색색거리는 숨소리가 옆에 앉은 사람에게도 다 들렸다. 짐작건대 기관지에 염증을 유발하는 알레르기 항원을 계속 접촉하고 있는 듯했다. 나는 할머니가 키우신다는 강아지인 '아롱이'를 계속 의심했다. 불행하게도 개는 피부에 털이 나는데, 털갈이를 시작하면 하루에도 수십만 개의 각질이 떨어져나가 집 안 먼지들과 합류한다. 그것들은 방구석과 베개, 이불 속에 숨어 있다가 할머니의 호흡기로 들어갈 것이다. 그러면 재채기, 콧물, 기침에다 급기야는 색색거리며 숨을 몰아쉬는 천식 발작을 일으킬 것이다. 그래서 알레르기 피부 검사를 통해 '개' 항원에 대한 피부 반응이 있는지를 알아보려고 했던 것이다. 확실한 증거를 잡아 아롱이를 격리하라는 처방을 내릴 참이었다. 사실 말이 격리지, 개를 위한 격리실이 있을 리 없는 할머니에겐 격리 처방이 이별의 다른 말이다.

할머니는 버텼다. 14년을 함께 살았다는 아롱이. '손!' 그러면 손도 주고 '앉아!' 하면 앉고 말도 잘 듣던 아롱이는 이제 할머니의 구령에 일일이 대답하는 것도 귀찮고 행동도 느린 데다 잠도 많은 늙은 개다. 할머니는 아롱이를 죽을 때까지 지켜줄 참이었다. 그러나 할머니의 숨소리를 들어보면 누가 먼저 돌아가실지 모를 일이었다. 며칠 전에는 아들이 한마디 했단다.

"어머니, 이러다가 아롱이보다 어머니가 먼저 죽겠소!"

할머니의 버티기에 어쩔 수 없이 기관지 확장제와 몇 가지 약물만 처방했다. 한 달 후에 오실 때는 꼭 검사하실 생각을 하고 오시라고 당부했다. 기왕이면 아롱이를 한 번 데리고 오시라고 했다. 얼마나 잘생겼기에 그토록 아끼시는지 궁금하다고.

"싫어~ 아롱이 얘기를 왜 자꾸 해."

할머니는 퉁명스럽게 대답하셨다. 마치 내가 개를 잡아다가 어떻게라도 하려는 사람처럼 노려보셨다. 퉁명스런 눈빛 때문에 머쓱했다. 농담이 좀 지나친 모양이다.

아롱이를 알게 된 건 할머니가 처음 입원하시던 날이었다. 한겨울, 할머니는 진료실에 걸어 들어오는 것조차 벅차 보이셨다. 청진할 필요도 없었다. 좁아진 기관지로 들고 나가는 바람 소리는 대문 밖에서도 들릴 것 같았다. 곧장 입원 지시를 내렸고, 할머니는 간호사들의 부축을 받으며 병실로 이동했다. 두세 시간 정도 지났을까. 간호사에게서 연락이 왔다. 할머니가 입원을 거부하고 집에 가겠다고 하신다는 것이다. 막무가내라 말이 안 통한다고. 곧장 병실로 올라가보자 할머니는 이미 환자복을 벗어버리고 집에 갈 준비를 끝낸 상태였다.

"왜 그러시죠? 아까는 분명히 입원한다고 하셨잖아요."

할머니의 입이 꼬물꼬물 뭔가를 내뱉을 듯 말듯 망설이는데, 옆에 있던 간호사가 대신 대답했다.

"강아지 밥을 안 주고 오셨대요."

맙소사. 강아지 밥을 걱정할 때가 아니었다. 입원 치료가 반드시 필요했기에 절대 집에 못 가신다고 말씀드려도 할머니는 고집을 꺾지 않으셨다. 결국 간호사가 아드님과 통화하여 대신 밥을 주겠노라는 아들의 다짐을 받은

후에야 고집을 꺾으셨다. 문제는 퇴원 후였다. 퇴원할 때
는 상태가 좋으셨지만 집에만 가면 상태가 나빠지셨다. 폐
기능도 들쭉날쭉 좋았다가 나빴다가 했다.

만나면 으레 아롱이 얘기로 진료를 시작했다. 아롱이
가 잘 지내는지를 먼저 물었다. 처음엔 말을 하지 않으시
던 할머니가 이제는 진료실에서 아롱이 얘기를 풀어놓는
걸 어색하지 않아 하셨다. 웃으며 이야기를 나눴지만 속
으론 그놈의 강아지를 언제까지 키우실 작정인 건지 속이
답답했다. 내 추정이 맞다면 할머니가 개 알레르기 반응이 있다면
둘은 함께 살 수 있는 관계가 아니었다. 마음은 평온해도
몸은 전쟁터가 되고 말 것이다.

의학적 셈법으로만 문제를 바라보자면 나는 아롱이
를 할머니로부터 당장 격리해야 한다. 하지만 사실 자신
이 없다. 의학적 셈법은 아롱이 없는 할머니의 삶엔 관심
을 두지 않기 때문이다. 누군가를 사랑한다는 건 삶의 의
욕과 직결된다. 정말 교과서 같은 의학적 처방이 항상 옳
은 걸까? 글쎄, 이것에 대한 해답을 아직 찾지 못했다.

할머니는 알레르기 피부 검사를 시행하셨다. 다행히
개털 알레르기를 포함한 어떠한 알레르기 피부 반응도 나

오지 않았다. 할머니는 검사하느라 돈만 더 들었다고 불평하셨다. 그 정도 불평쯤이야. 할머니에게 아롱이와의 생이별을 선고해야 하는 난처한 상황을 피할 수 있었던 것에 대한 대가라 생각하기로 했다.

: 답답
박 서방

남편을 '답답 박 서방'이라고 부르는 아내가 있었다.

"선생님, 이 사람은 불러도 대답이 없어서 별명이 답답 박 서방이에요."

그녀는 기관 삽관을 한 채 튜브로 숨쉬고 있는 남편을 애정 어린 눈빛으로 바라보며 불렀다.

"답답 박 서방~ 나야, 나~."

남편은 대답이 없다. 어떠한 반응도 하지 않은 채 듣기만 한 지가 벌써 15년째다. 남편은 15년 전 뇌출혈로 의식을 잃었고, 이후 어떠한 질문에도 대답하지 않았다.

나는 남편분을 일주일 전 월요일 아침에 만났다. 출근길에 72세 남자 환자가 폐렴으로 중환자실에 입원했다는 문자를 받았다. 병원에 도착하자마자 청진기만 들고는

○

중환자실로 향했다. 환자는 의식이 없는 상태였고 숨소리가 거칠었다. 팔다리는 이미 경직과 위축이 진행되었고 전신 상태를 보아하니 오랜 기간 침상 생활을 하시던 분이라는 걸 알 수 있었다. 아마도 병이 나기 전부터 의식이 또렷하지 못했을 것이다. 의식이 없는 분에게 폐렴은 언제나 치명적이다. 면역력도 나쁜 데다 가래를 뱉어내지 못하기 때문에 아무리 작게 시작한 폐렴도 금세 퍼지기 일쑤다. 경우에 따라 폐렴으로 생명을 잃기도 한다. 상태가 위중해 보여 보호자를 찾았으나 보호자는 집으로 돌아갔는지 병원에 없었다. 급한 처치부터 한 뒤 진료실로 내려왔다.

아내분은 다음 날에나 나타났다. 보통 중환자실에 입원하는 경우 보호자들이 의사의 설명을 들으려고 첫날부터 대기실에서 기다리는 게 일반적인데 말이다. 짐작하기로는 환자가 워낙 중환 상태로 생명을 연장해왔기 때문에 어떤 결과든 받아들일 '마음의 준비'가 된 터였을 것이다. 중환자실 면회 시간이 끝나고 아주머니는 설명을 듣기 위해 진료실에 오셨다. 나는 폐렴이 진행하는 과정이고 현재 호흡곤란이 심각해 이대로는 며칠 내에 사망할 수 있다고 말하는 중이었다. 말이 다 끝나기도 전에 아주머니는 눈물부터 흘렸다. 본인이 직접 응급실로 환자를 데리고 왔으면서도 상태가 그렇게 심각한 줄은 몰랐다고 했다.

"내가 바보였나 봐. 그렇게 심한 줄도 몰랐어요."

아내분은 나에게 바싹 다가와 앉으면서 내 팔을 잡고 하소연했다.

"선생님, 어떻게든 살려주셔야 해요, 네? 저렇게 누워만 있어도 신랑이잖아요. 죽으면 안 돼요. 부탁드려요."

물론 최선을 다해보겠노라는 대답과 함께 그러나 현재 상황으로는 장담할 수 있는 게 없다는 최소한의 방어까지 전했다.

며칠 후 아주머니와 나는 중환자실에서 만났다. 환자는 겉으로 보기에도 혈색과 호흡이 좋아져 아주머니 기분도 좀 나아 보였다. 환자가 좋아졌다고 생각하니 이제는 돈이 걱정이신지 아주머니가 내게 말했다.

"선생님, 이 사람이 15년 전부터 누워 있었잖아요. 그래서 제가 좀 형편이 어려워요. 그러니 병원비 좀 싸게 부탁드립니다."

눈웃음을 지으시며 말씀하셨지만 농담이 반, 진담도 반은 섞인 반반 멘트였다. 능청스런 모습에 내가 웃으니 반반씩 섞인 말로 한 번 더 강조하셨다.

"그렇지만 치료는 최선으로요. 그러니까… 최소의 비용으로 최대의 효과를 부탁드려요. 호호."

이럴 때 의사가 너무 진지하게 받아들이면 답 없이 논쟁만 일어난다. 그저 알겠다는 미소로 응대했다. 아내는 돌아서서 남편을 불렀다.

"답답 박 서방, 대답도 없는 답답 박 서방… 응?"

아픈 사람을 돌보는 건 결코 쉬운 일이 아니다. 병원에서 겪어보기로는 아무리 애정이 돈독한 관계더라도 20일 정도 간병이 지속되면 양쪽 모두 지치기 시작한다. 아픈 사람은 아파서 짜증이 나고, 간병하는 사람도 정신적, 체력적 에너지가 고갈되어간다. 그러면서 관계가 틀어지는 경우를 많이 봐왔다. 그래서 아주머니가 더 놀라웠다. 15년을 간병하면서도 남편에 대한 애정이 저리도 따듯할 수 있다니.

환자의 폐렴은 낫는가 싶다가도 상태가 나빠졌다. 기관지에 분비물이 너무 많기도 해서 보호자와 상의 후 기관지 절개술을 진행했다. 그럼에도 환자의 폐렴은 지루하게도 낫지 않았고, 그렇게 한 달이라는 시간이 훌쩍 지났다. 얼마 전부터는 신장 기능이 나빠지고, 혈압이 떨어지기 시작했다. 패혈성 쇼크가 진행되면서 이제는 간 기능까지 악화되어 황달 때문에 눈의 흰자위부터 지금은 피부 전체가 다 누릿해졌다. 환자의 객담가래에서 배양되는 다제내성 균주세 가지 이상 되는 계열의 항생제에 내성이 있는 세균가 문제였다. 감수성 있는약제가 항균력을 가진 게 실험으로 확인되면 감수성이 있다고 함 약제를 선택해 투약해보았지만 폐렴은 기세를 멈추질 않았다. 환자의 몸이 이제는 더 버텨낼 도리가 없다고 항복하는 것만 같았다. 아내분께는 마음의 준비를 하시라고 여러 차례 말해두었다. 그때마다 반응이 늘 한결같았다.

"네 알겠어요. 뭐, 어쩔 수 없다는 말씀이죠?"

"네, 그렇습니다. 이젠 어떤 병원에서 누가 진료를 맡더라도 도리가 없습니다.

"그래도 선생님, 어떻게 최선을 다해보면 방법이 있지 않을까요? 좋아지는 경우도 있겠죠?"

이런 질문을 세 번 정도 들으면 기운이 빠진다. 상황을 받아들이는 듯하다가도 결국 원점으로 돌아가니 말이다.

환자는 혈압이 떨어지기 시작했고, 혈압 상승제를 쓰기 시작하면서 소변량이 줄었다. 콩팥 기능이 나빠지는 과정이다. 환자는 수일 내에 패혈성 쇼크로 인한 다발성

장기부전이 진행되어 사망할 게 분명해 보였다. 소변이 줄고 대사성 산증체내 산성물질이 많이 생성되고 쌓이면서 생기는 혈액학적 변화이 진행되어 혈액 투석이 필요했다. 그러나 투석과 관계없이 환자는 폐렴균을 이겨낼 능력이 없었다. 이미 승패가 갈린 경기. 그럼에도 최선을 다해 설명해야 하는 나로서는 이렇게 말할 수밖에 없었다.

"지금 혈액 투석이 어려워 보입니다만, 가족들이 원하신다면 해볼 수는 있습니다."

'그럼에도 불구하고 병의 경과를 막을 수는 없으므로 별 소용은 없을 것'임을 더욱 강조했지만, 아주머니는 '해볼 수 있다'는 앞의 말만 부여잡았다. 이 문제로 몇 차례나 면담과 설명을 반복해야 했다.

"그래도 해봐야죠. 어떻게 안 해요."

"그래봐야 하루 이틀 더 사시거나 아예 소용이 없어요. 그게 무슨 의미가 있나요?"

"의미가 있어요. 나한테는 그래요. 하루라도 더 사는 게 의미가 있어요."

의사인 나로서는 하루 더 살자고 투석을 시작하는 게, 아니 의학적으로 타당한 이유가 아닌 보호자의 바람으로 무언가를 한다는 게 마뜩지 않았다. 그래서 매번 아내분이 말하는 그 '의미'가 무엇인지 궁금했고, 급기야 묻고 말았다. 왜 고작 하루 정도의 삶에도 그토록 큰 의미를 두시는지 말이다. 아내분과 환자에 대한 이야기를 나눌 수 있었다.

환자는 아내와 장모에게 너무나 잘하던 사람이었고, 치매를 앓던 장모를 2년간 모실 때도 아들처럼 극진했다고 한다. 장모는 사위를 잘 둔 덕에 아들 하나 없었지만 열 아들 안 부럽게 사셨다. 언제나 좋은 아빠였고 그래서 아들도 착하다고 했다. 그만큼 고마운 사람이니 저렇게라도 살아 있어줘서 감사하다는… 이런 얘기들을 하셨다.

나는 물었다.

"저렇게 누워 계시는 분을 간병하는 게 보통 일은 아닌데요, 힘들진 않으셨어요?"

아내분이 대답하셨다.

"힘들긴요. 살아 있어준 게 영광이죠. 하나도 안 힘들었어요."

'영광'이라고 표현하셨다. 답답하리만큼 아무 대답도 못 하는 사람을 두고 영광이라는 단어를 쓰다니!

내가 머뭇거리며 할 말을 잃은 듯하자, 아내분은 한마디 덧붙이셨다.

"신랑인데 옆에 있는 게 어디예요, 그죠?"

사랑이 이렇게나 이상적일 수 있을까. 동화 속에나 나올 법한 영원한 사랑이다. 차가운 가슴을 지닌 현대인들이 보기엔 집착이라고 지적할지도 모르겠다. 누군가는 뭔가 다른 의도가 있는 게 아니냐며 예컨대 상속 따위의 문제가 결부되지 않았을까 의심할 만도 하다. 그러나 아내분의 마음은 그런 세속적인 단어가 들어설 틈도 없이 애틋함으로 가득했다. 남편은 '뛰는 심장'과 '따듯한 피부'를 가지고 있다는 것만으로도 아내에게 '영광'이라는 선물을 주고 있었다. 누군가는 살아 있는 것만으로도 그런 '의미'가 된다.

우리는 사랑을 하다가도 시간이 흐르면 상대방의 결점을 보기 시작한다. 완전해서 사랑한 것이 아니라 사랑해서 완전해 보였다는 것을 확인하게 되는 순간이다. 이 세상에 완벽한 사람은 없을뿐더러 이를 평가하는 인간 자체가 변덕스럽기도 해서 완전한 사랑은 없다고 봐도 무방하다. 그러나 완전하지 못한 인간을 오래 사랑하는 방법은 있을지도 모르겠다. 상대방의 결점과 장애마저도 그 사람의 정체성으로 한데 묶어 인식하는 것이다.

o

아프기 시작하면서 박 서방은 '답답 박 서방'이 되었다. 어쩌면 이렇게 명명하는 것 자체가 그대를 있는 그대로 사랑하겠노라는 새로운 결심을 가져온 걸지도 모른다. 사랑은 결심이라고 하지 않던가. 언제나 소리 내어 박 서방을 불러보는 아내분의 표정과 떨리는 음성 속에 사랑이 느껴진다.

: 동떨어진 몸,
하나 된 마음

아무래도 안 되겠다 싶어 고민을 거듭한 끝에 환자를 대학병원에 전원하기로 결정했다. 환자를 내 손으로 직접 낫게 해 보람을 느끼고 싶은 욕심도 있었다. 중환자실 대기실에서 안절부절못하는 환자의 어머니를 볼 때마다 이제 곧 인공호흡기를 뗄 예정이니 조금만 더 기다려보자고 했었다. 그러나 한 번 weaning 환자가 자발호흡이 가능하여 인공호흡기를 떼어내는 과정에 실패한 후 자칫 환자를 잃어버릴 수도 있겠다는 생각이 들었고, 달력을 보니 다음 주 월요일까지 연휴였다. 토요일부터 3일간 병원을 비울 생각을 하니 이토록 불안정한 환자를 내가 치료해보겠다는 것 자체가 지나친 욕심처럼 느껴졌다.

아침 회진 후 진료 의뢰서와 검사 기록 복사본을 준

비해달라고 부탁했고, 진료협력센터를 통해 대학병원을 알아보기로 했다. 환자의 어머니께도 딸을 전원하는 게 좋겠다고 말씀드렸더니 생각보다 상황을 심각하게 받아들이셨다.

"선생님께서 포기하실 정도였어요? 그러면 아예 희망이 없는 거 아네요?"

갑자기 체념과 슬픔을 토해내서서 상당히 당혹스러웠던 나는 일단 어머니의 말부터 막고 설명하기 시작했다.

"아니, 그게 아니고요. 지금 달력을 한번 보세요. 이번 주말부터 3일간 제가 병원에 없어요. 대학병원은 레지던트도 있고 의사가 많으니까 그래서 보내는 거예요. 그쪽에서 치료하면 충분히 좋아질 수 있어요."

오해를 좀 푸셨나 싶었는데 이번에는 중환자실에서 전화가 왔다.

"선생님, 환자 남동생분이 전화했었는데요, 도대체 어떻게 된 일이냐면서 가만 안 있겠다고…. 지금 화가 많이 나셨어요. 본인이 지금 당장 병원으로 오면 뒤집어엎을 것 같아서 일단 전화로 면담하고 싶다고 하네요."

간호사의 다급한 목소리였다. 화가 난 가족의 말을 그대로 전하는 간호사가 때론 얄밉기도 하다. 옛날 TV 오락 프로그램에서 하던 폭탄 놀이가 기억난다. 째깍째깍 시계가 돌아가는 폭탄 상자를 넘겨받으면, 터지기 전에 다음 사람에게 넘겨야 한다. 그러지 않으면 폭탄이 뻥 하고 터지면서 밀가루를 뒤집어쓰게 된다. 간호사는 자신에게 떨어진 폭탄을 뒤집어쓰지 않기 위해 본인이 건네받은 온도차 그대로 내게 전달한 것이다. 하긴, 폭탄은 가능한 한 온전한 모양 그대로 넘겨야 지나간 자리가 깔끔한 법이다. 물론 간호사도 이미 폭탄 배달 과정에서 어느 정도 불가피한 심리적 타격을 받았을 것이다. 하지만 불행히도 난 폭탄의 최종 수취인이다. 떠넘길 곳이 없다. 내가 할 일은 터지지 않게 폭탄을 분해하는 것이다. 이런 일은 아무리 자주 겪어도 익숙해지지 않는다. 수화기를 내려놓기도 전에 심장박동이 약간 빨라지고, 이마가 촉촉해지는 게 느껴졌다. 그러나 일을 성공적으로 수행하기 위해서는 '릴렉스 컴 다운' 해야 한다.

남동생은 환자 입원 초기에 만난 적이 있었는데, 외모는 30대 후반쯤 되어 보였고, 어조에서 가족에 대한 배려와 사랑을 읽을 수 있었다. 오해를 바로잡는 일은 다행히 생각보다 어렵지 않았다. 우선 남동생의 격앙된 불평을 먼저 들었다. 조용히 "네, 네." 대답하면서 상대의 말을 경청하고 있다는 신호를 보냈다. 당신의 감정을 십분 이해하고 공감한다는 신호를 전하는 것만으로도 흥분을 조금은 가라앉힐 수 있다. 그러고 나서 이제 나의 이야기를 할 때가 중요한데, 상대방과 전혀 다른 톤의 억양과 음색이 필요하다. 상대가 꽹과리로 치고 들어왔다면, 첼로를 연주하듯이 낮고 느린 템포로 화답해야 한다. 그러면 상대방은 자신의 목소리가 전체적인 대화의 맥락에서 벗어났다고 느끼게 된다. 그렇게 흥분할 상황이 아니었다는 것을 '분위기' 속에서 자각하게 되는 것이다. 이처럼 나의 입장을 환자의 남동생에게 차분히 전달했다.

환자는 여덟 살 때 교통사고로 머리를 다쳤고, 후유증으로 평생을 누워 지내는 여성이었다. "배고파", "집에 갈래" 정도의 간단한 의사소통과 감정 표현만 가능했다. 움직이는 데도 한계가 있어 몇 걸음 정도는 기어서 이동하고, 엎드려서 식사할 수 있는 게 전부였다. 어머니는 30년이 넘는 시간을 환자의 단짝 친구이자 보호자로, 유일한 말벗으로 살아오셨다. 환자는 엄마 없이 하루도 살 수 없었고, 어머니도 마찬가지였다.

환자는 입원 당시 폐렴이 진행된 상태로 응급실로 내원하여 곧바로 인공호흡기 치료를 시작했다. 면담을 온 어머니는 안절부절못했다. 태어나 처음으로 엄마와 떨어져 지내야 하는 딸의 외로움과 고통이 어머니에게 그대로 느껴졌다. "아이가 아프면 나도 아프고, 아이가 없으면 나도 못 살기 때문에 어떻게 해서든 아이를 꼭 살려달라"고도 하셨다. 어머닌 딸이 눈을 깜박이기만 해도 무슨 말을 하고 싶어 하는 건지 아셨다. 둘은 너무나 오랜 기간을 한 몸처럼 지냈고, 다시는 둘로 갈라져 살 수 없다는 것을 느낄 수 있었다.

남동생은 나에게 누나를 '무조건' 살려달라고 말했다. 누나가 없으면 엄마가 못 살기 때문이라고 했다. 병원은 '무조건'이라는 표현을 쓸 수 없는 곳이란 걸 에둘러 설명하고서 차분히 지켜보자고 했다.

대학병원으로 전원한 지 한 달 정도 지났을 때 환자의 어머니가 찾아오셨다. 예약 명단에 환자의 이름으로 진료가 접수된 것을 보자마자 나는 가슴이 철렁 내려앉았다. 혹시 딸의 건강에 문제라도 생긴 게 아닐까? 인공호흡기에 의존한 채 사망한 것은 아닐까? 슬픔과 회한 같은 것들을 쏟아내러 오신 걸까? 왜 진작 전원하지 않았냐며 불타는 눈빛으로 나를 노려보시려는 건가? 온갖 생각들이 마음을 헝클어놓았다.

그러는 동안 어머니가 진료실 문을 열고 들어오셨는데 표정을 보아하니 엉킨 내 마음은 기우였다. 생글생글 웃는 얼굴을 뵈니 무척 반갑고 고마웠다. 엊그제 딸이 중환자실에서 나와 지금은 일반 병실에 있는데, 우리 병원으로 다시 오고 싶다는 것이다. 지금 당장 오시라고 했고, 따님은 우리 병원에 일주일 정도 입원하여 마무리 치료를 받은 후 무사히 퇴원하였다.

각각의 몸들은 개별의 삶과 감정을 갖는다. 그러나 동떨어진 몸들이 한곳에서 만나기도 한다. 때로는 네가 나같이 느껴지기도 해서 너의 슬픔이 나에게 전해지기도 한다. 이를 우리는 사랑이라고 부른다. 사랑할수록 둘은 더욱 가까워져 하나에 근접해진다.

리처드 로어 Richard Rohr는 그의 저서 『불멸의 다이아몬드』[7]에서 모든 생명체 속에 심어진 합일의 갈망은 신의 본성 중 하나라고 했다. 합일의 갈망에서 비롯된 엄마와 자녀 간의 사랑과 열망, 공감과 연민의 정서는 우리 안에 심긴 신의 속성이라는 것이다. 이러한 합일의 갈망은 137억 년 전부터 시작되었다. 역장力場 안에서 미립자가 합쳐

져 원소가 되었고, 원소가 결합해 별이 되었고, 별의 자녀
로서 지구상에 출현한 생명체들은 역시 그 안에 합일의
갈망을 지니고 있다. 합일의 갈망은 우주 속에 다양한 '삶'
을 연출하고 나아가게끔 하는 에너지, 즉 사랑이다.

　　사람이라면 누구나 사랑하려는 욕구가 있다. 그것은
때로 격정적인 목소리로 항의하는 수화기 너머에도 있고,
우리 딸을, 우리 누나를 포기하시려는 게 아니냐는 원망
섞인 목소리 너머에도 있다. 표현 방식이 다를 뿐이다. 다
사랑해서 그러는 것이다. 생각해보니 이 정도면 세상은 살
만한 곳이 아닌가 싶다.

: 평화로운
523호실

귀가 잘 안 들리시는 할아버지가 있었다. 그분은 내 삶에
등장한 지 일주일 만에 1년치 고민거리를 선물해주셨다.
회진을 돌 때마다 그분이 계신 방 앞에서 깊은 한숨을 내
쉬어야 했는데, 그렇게라도 해야 들어가서 벌어질 답답한
일들을 이겨낼 수 있었다.

할아버지는 양쪽 귀가 모두 어두워 말을 거의 알아
듣질 못하셨다. 입을 귀에 붙인 뒤 배에서부터 끌어 올린
소리로 목청껏 말해야 겨우 알아들으셨다. 뭐, 여기까지는
좋다. 나이 들어서 귀가 어두워진 걸 누가 책망할 수 있으
랴. 이런 분들은 대개 표정과 입 모양을 보여드리며 대화
하는데, 안타깝게도 할아버지는 심각한 폐결핵 환자여서
마스크를 쓴 채 대면해야 했기에 이 모든 게 불가능했다.

○

메르스 때문에 유명해진 N95 마스크의 모양과 성능은 많이들 아실 것이다. 얼굴이 완전히 가려진다. 마스크를 쓴 채 말을 하면 할아버지는 마치 묵음 처리된 TV를 바라보는 것 같은 표정을 지으신다. 성능 좋은 마스크는 세균만 막는 게 아니라 목소리도 걸러냈다. 대화할 때 그의 눈동자는 나와 간호사를 왔다 갔다 하다가 길을 잃는데, 그 눈빛이 "안 들려, 그래서 어쩌라고!" 하고 말하는 것 같았다. 하지만 어차피 병원에서 하는 대화가 다 거기서 거기 아니겠는가. 그다지 중요하지 않은 말도 있고, 잘 지내고 계신지는 낯빛만으로도 알 수 있다. 환자의 중요한 정보도 혈액 검사와 흉부 방사선 사진을 통해 확인하면 됐다.

할아버지는 매일같이 퇴원을 요구하셨고, 나는 매번 거절해야 했다. 불행하게도 할아버지에게는 퇴원의 자유가 없었다. 독거노인인 그는 한 번 입원 후 퇴원한 전력이 있었다. 그때도 강력히 퇴원을 요구해 소원대로 집에 가셨는데, 얼마 안 돼 반송장이 된 채로 지인들에게 발견되어 보건소에서 강제로 입원시켰다. 결핵은 국가 지정 전염병이라 진료받지 않으려는 환자들을 국가에서 강제 입원시키고 치료하는 제도가 있다. 할아버지 또한 국가의 따뜻한 보살핌 아래 입원 서비스를 충실히 받아 가래 검사에서 결핵균이 검출되지 않는다는 게 확인되어야만 치료비를 전액 보상받고 퇴원할 수 있다. 자의로 퇴원하면 이후의 결핵 치료 비용은 전적으로 개인이 부담해야 한다. 할아버지를 퇴원시키는 것은 치료를 포기하는 것이나 다름없었다.

퇴원이 안 되는 이유를 소리 높여 설명하기도 하고, A4용지에 써서 보여드리기도 했다. 그럼에도 자기는 이렇게는 못 살겠다고 애원하고, 가끔은 눈물까지 흘리셔서 정말 난처했다. 내가 무슨 수용소 원장도 아닌데 말이다. 국가의 의무와 개인의 권리 사이에 끼어 긴 한숨을 내쉬어야 했다.

이런 상황이 지속되자 할아버지에 대한 의심마저 생기기 시작했다. 어느 날은 병실에 들어갔더니 통화를 하고 계셨다. 아니, 방금 전에 통화를 한 듯 수화기를 내려놓는 장면을 포착한 것이다. 즉시 이비인후과 의사에게 자문을 구했고, 통화를 한다는 건 청력이 상당 부분 살아 있다는 걸 의미한다는 답변을 들었다. 혹시 본인에게 불리한 내용만 못 알아듣는 척하시는 건 아닐까 하는 의구심이 들었다. 담배도 피우셨다. 퇴원하고 싶으신 게 담배 때문인지도 몰랐다. 못 알아들으시니까 마스크를 벗고 담배 피우는 동작을 취한 후 고개를 절레절레 흔들고 양손으로 X자를 그려가며 몸 언어까지 구사했다. 그제야 할아버지는 알겠다며 안 피우겠다고 하셨다. 아이고, 이렇게까지 해야 하나 싶었다. 언제부턴가 나는 할아버지가 얄밉고 의심되어, 급기야 회진을 건성으로 하거나 관심을 꺼버리려는 복수의 카드를 만지작거렸다.

재입원한 지 일주일이 지났을 무렵 할아버지가 휴지통을 붙잡고 구토를 하고 계셨다. 나쁜 짓을 하다가 들킨 사람처럼 우리를 쳐다보셨다. 범죄 현장이 발각된 범인이 실토하듯 할아버지는 그제야 모든 것을 털어놓았다. 맙소사, 일주일 내내 먹은 것을 모두 게워냈다고 했다. 먹지 못한다는 걸 알면 퇴원시켜주지 않을까 봐 이 사실을 말씀하지 않으셨고, 워낙 대화가 어려운 상황이다 보니 우리도 캐물을 수 없었던 것이다.

검사 결과 간수치가 높았다. 반복되는 구토의 원인은 약제 부작용이었다. 개선하는 것은 어렵지 않다. 간독성이 있는 약제를 모두 빼버리고, 간독성이 없는 약을 찾아 적절히 조합하면 된다. 5일 정도 그렇게 하자 할아버지는 아침 식사를 절반이나 먹었다면서 화사한 얼굴로 우리를 반기셨다. 그나마 눈빛으로 전달하는 게 소통이 원활하니 나는 잘하셨다고 말씀드리면서 눈웃음을 지었다. 그렇게 523호실에 평화가 찾아오는 듯했다.

평화는 오래가지 않았다. 환자는 무슨 이유 때문인지 먹지 못하는 상태로 되돌아갔다. 음식이 그대로 식판 위에 남아 있거나, 먹은 것을 휴지통에 전부 토했다. 환자는 기력을 다해 소파에 널브러져서 살려달라고 애원했다. 심지어 내가 보는 앞에서 비틀대다 쓰러질 뻔하기도 했다. 이것보다 위력 있는 환자의 공격 방법이 있었는데, 바로 병실 안에서 담배를 피우는 것이다. 다른 때 같았으면 바로 강제 퇴원인데 그랬다가는 환자의 의도에 말려드는 것이니 그럴 수 없었다. 창문에 얼굴을 빼꼼히 내밀고 담배 피웠을 생각을 하니 약이 올랐다. 에라 모르겠다, 피우거나 말거나.

이번엔 못 먹는 이유를 찾을 수가 없었다. 간수치도 정상으로 돌아온 상태고 약 때문도 아니었다. 일부러 안 먹는 걸까? 그러면 일종의 단식 투쟁인데, 먹지 못하면 퇴원이 어렵다. 환자의 요구 사항과 행동이 일치하지 않으므로 단식이 의도적인 투쟁 방법이라는 가설은 맞지 않아 보였다. 그렇다면 위장관에 문제가 있는 걸까? 위암이나 대장암이 소화관을 틀어막고 있어서 음식물이 내려가지 못하는 것은 아닐까? 그렇다면 이틀간은 식사를 잘 하셨던 게 설명되지 않는다. 결국 이유를 알지 못한 채 주말을 끼고 나흘간 휴가를 다녀왔다. 만일 환자가 계속 먹지 못하면 영양제를 투여하자고 말한 뒤 동료 의사에게 환자를 부탁했다. 나는 달콤한 휴식으로 심리적, 육체적 안정을 얻었고, 피부도 알맞게 그을린 상태였다. 가벼운 마음으로 월요일을 맞았다. 어느 누구의 도발도 감당할 준비가 되어 있다고 자각하며 간호사에게 물었다.

"523호실 환자 아직도 잘 못 드시나요?"

"아뇨, 이제 잘 드세요. 아침에도 절반 넘게 드셨어요."

뜻밖의 대답이었다. 아직도 제대로 못 드신다는 대답을 예상했기에 소화기내과 검사를 친절하게 권유할 참이었는데 말이다.

"진짜?"

"네, 저희가 먹여드리니까 잘 드시더라고요."

순간, 새벽안개가 걷히듯, 아니 컴컴한 지하실에 전등이 켜지듯 원인이 드러났다. 그것은 외로움이었다. 생물학적 질병이 아니라 심리적 고립감이 문제였다. 서툰 방식으

○

로 외로움을 표출하신 것으로 보아 아마 본인도 자각하지 못했던 것 같다.

간호사들이 식사를 챙겨주면서 할아버지는 기운도 살아났고, 얼굴에 생기도 돌았다. 간수치를 포함해서 모든 혈액 검사도 정상이었다. 흉부 방사선 사진상에도 결핵병변이 조금씩 호전되는 게 보였다. 회진 때 작게 또는 크게 도발하던 국지전도 없어졌다. 진짜 평화가 찾아온 것이다.

할아버지는 드디어 입원 3주 만에 퇴원하시게 됐다. 할아버지를 보살피고 있다는 교회 관계자들이 차를 가지고 오후에 오겠다고 했다. 할아버지는 이미 퇴원 준비를 모두 마치고 옷도 사복으로 갈아입고 계셨다. 베레모 밀짚모자를 비스듬히 쓰고 체크무늬 남방과 베이지색 바지를 입으셨다. 꽤 세련된 패션이었다. 누가 이분을 독거노인이라고 하겠는가. 옷을 입은 스타일을 보니 이분에겐 자기를 알아봐주고 인정해주는 누군가의 시선이 필요하실 것 같았다. 집에 가셔서 약도 잘 드시고, 밥도 잘 드시라고 했다. 환자도 알겠다고 걱정하지 말라며 화답했다. 정작 가장 하고 싶었던 말은 하지 못했다. 왠지 의사가 할 말은 아닌 것 같다는 고정관념 때문일 것이다. 집에 가서 친구

도 많이 사귀시고 기왕이면 연애도 해보시라는 말. 사실
이 처방이 가장 중요할 것 같았다. 때론 외로움이란 결핵
보다도 무서운 거니까.

: 미치광이처럼
파티를

20년 전부터 뇌출혈로 몸을 제대로 쓰지 못하시는 58세 남자 환자가 있었다. 그분은 모든 걸 가족들에게 의지하며 사셨다. 감기에 걸려 병원을 찾을 때도 휠체어에 앉혀져 가족들이 밀고 왔다. 팔다리를 쓰지 못하는 건 물론이고 제대로 앉아 있지도 못할 만큼 허리가 뻣뻣해서 항상 비스듬히 기대어 앉았다.

2년째 환자를 봐왔는데 볼 때마다 가족들의 정성에 놀랐다. 수시로 병원을 오가는 것도 보통 일은 아닌데, 환자를 향한 가족들의 세심한 마음 씀씀이는 언제나 변함없어 보였다. 그의 아내는 환자의 작은 증상 하나하나까지 파악하여 알렸고, 약에 상당히 민감하여 환자에게 투여하는 약의 종류와 효과를 속속들이 꿰고 있었다.

○

환자는 폐렴이 악화되어 입원하였다. 낮에는 아내가 직장에 나가 환자의 연로하신 어머니와 아버지가 와 계셨고, 밤에는 아내가 퇴근 후 병실을 지켰다. 환자의 어머니는 70대 중반이셨는데, 힘든 상황에도 항상 밝으셨다. 언제나 웃는 모습으로 맞아주셨고, 대화 도중에도 껄껄 호방한 웃음소리가 그치질 않았다.

환자는 약간 어그러진 표정으로 자신의 감정을 표현했고, 네, 아니요 정도의 간단한 대답만 할 수 있었다. "어젯밤 잘 주무셨어요?" 물으면 웃는 얼굴로 "네"라고 대답했다. "아픈 데는 없나요?" 하고 물으면 웃는 얼굴로 고개를 젓는데, 그 모습이 마치 해맑은 어린아이처럼 귀엽다. 병나기 전에도 그렇게 착했다고 옆에서 어머니가 거드는 걸 보니, 환자의 성품이 이렇게 가족들의 사랑을 끌어당기는구나 하는 생각이 들었다.

환자의 폐렴은 쉽사리 호전되지 않았다. 가래를 뱉어내지 못하기 때문에 몇 차례 기관지 내시경으로 가래를 뽑아냈는데, 그 양이 어마어마하게 많았다. 가래의 균주 검사 후 알맞은 항균제 치료를 했는데도 가래 양이 줄지 않았고, 전날 밤에는 없던 발열 증상까지 보였다. 폐렴이 오히려 확산될 기미가 보였다. 식사할 때 한두 번씩 사레가 든다고 하여 아무래도 흡인성 폐렴이 반복되는 것 같아 금식하고 튜브를 삽입하여 콧줄로 식사하는 게 좋겠다고 판단했다. 상태를 설명하기 위해 어머니를 진료실로 불렀다. 어머니는 모든 얘기를 들으신 후에도 웃어 보이셨다.

"이러다 죽을라나? 허허."

쓸쓸한 웃음소리는 죽음을 가벼이 여겨서가 아니라 이미 여러 번 마음으로 아들의 죽음을 준비했던 경험 때문이리라. 어머니는 진료실 벽으로 시선을 돌리시더니 지난 세월을 술술 풀어내셨다.

착하고 건실했던 아들이 뇌출혈로 쓰러지자 모든 게 변했다. 뇌출혈로 2년간 병원에서 지내며 들어간 병원비 때문에 아들 내외가 본가로 들어와 살게 되었다. 생활 전선에 뛰어든 며느리 대신 어머니 본인께서 아들의 병수발을 20년째 한평생이나 다름없다 감당하고 있다고 하셨다. 이제는 어깨며 허리까지 하도 쑤시는 데가 많아 힘에 부친다고. 딸 하나가 있었는데 젊은 나이에 시집가서 안 좋은 이유로 죽고, 믿었던 아들마저 자신이 돌보지 않으면 안 되는 상황에 처했다고 말씀하시면서도 의연하고 외려 밝아 보이셔서 물었다.

○

"어머니 얼굴은 그렇게 험한 일 당하신 분 같지 않네요."

껄껄 웃으시며 대답하셨다.

"내가 미친년같이 이렇게 산다니까, 헤헤거리면서. 울고 질질 짜면 뭐가 나오나? 쌀이라도 나와요, 떡이 나와요? 난 그저 이렇게 살아요. 우리 교회 사람들이 그래서 날 좋아해요. 사람들 오면 내가 다 밥 해 먹이고 그래요. 도움도 많이 받고…. 헤헤 내가 미쳤지?"

어머니의 눈에 어느덧 눈물이 맺혔다. 쾌활함 속에 묻혀 있던 어둠이 사뭇 깊어 보였다. 그럼에도 불구하고 웃으며 살 수 있는 방법은 미치는 거라고 말하셨다. 마치 상황과 감정이 부적절하게 조우한 장면 같았다. 상황과 어긋난 감정 상태. 대다수가 이해할 수 없는 상태에 빠진 사람을 미쳤다고도 하니 어머니의 말이 아예 틀린 것은 아니다.

한국기독교연구소 김준우 소장의 강의를 들었을 때가 떠오른다. 그는 일찍부터 지구 온난화에 깊은 관심을 가지고 있었고, 강의 내내 지구의 생태적 위기 상황과 암울한 미래 예측을 내놓았다. 지금이 2천 년 전 예수가 예언한 종말과 상황이 비슷하다는 것이다. 인류가 어떻게든 움직이지 않으면 재앙이 닥칠지도 모른다는 얘기에 강의실 내부는 조용하고 무거워졌다.

강의 끝에 어떤 분이 질문을 했다.

"박사님, 지금 이 시대에 예수님이 계셨다면 어떻게 사셨을까요?"

김준우 소장의 대답은 의외였다.

"Celebrate, celebrate, celebrate! 예수님은 '파티광'이셨어요. 어디를 가나 파티를 즐기셨습니다."

종말을 예견하셨던 분이 파티광이라는 사실. 상황과 감정이 언제나 발맞춰 가야 하는 건 아니다. 깊숙한 어둠 속에서도 밝을 수 있고, 삶을 즐길 수 있다, 미친 사람처럼. 예수님도 미친 게 분명하다.

미치는 일의 시작은 각성에서 출발한다. 세상이 어떻든 간에 기적처럼 내가 여기 있지 않은가. 살아서 더 나은 삶을 구하고 있지 않은가. 어두운 기운은 외부로부터 오지만 삶의 에너지는 내면으로부터 나온다. 외부의 것들은 어찌 보면 일시적이다. 내면은 온전히 우리만의 것이며 영원하다. 영원은 무한한 가능성으로 가득하다.

환자의 투병 기간이 길어졌다. 한 달 반을 중환자실에서 집중 치료를 받고 나서야 일반 병실로 올라갈 수 있었다. 환자는 한 차례 죽을 고비를 넘겼고, 가족들의 고민 끝에 기관지 절개를 시행하였다.

환자의 어머니와 아내는 의견 충돌이 있었다. 어머니는 그렇게 몸에 칼을 대면서까지 살릴 필요가 있냐고 하셨고, 아내는 "어머니 별소릴 다 하신다"면서 무조건 살고 봐야 한다고 했다. 무엇보다 큰딸의 출산이 한 달 앞으로 다가왔기 때문이었다. 예뻐하는 딸의 아이를 환자가 봐야 하지 않겠느냐는 이유에는 결국 어머니도 토를 달지 못하셨다.

기관지 절개를 시행했고 환자는 가래를 스스로 뱉어 내진 못해도 간호사의 도움으로 가래를 뽑아낼 수 있었다. 고생도 많이 했고 가족도 지쳤으니 이제 그만 좋아질 법도 한데, 세균이란 원체 사람 사정을 봐주질 않는다. 한번은 환자의 호흡이 매우 가빴다. 청진을 해보니 기관지에서 가래 굴러다니는 소리가 들렸다. 간호사더러 석션을 하라고 했더니 누렇고 멀건 가래가 끝도 없이 올라왔다.

"다시 폐렴이 생기는 것 같은데요. 음…."

"또…?"

어머니의 안색이 변했고 실망감이 역력했다. 체력, 정신적으로 모두 지쳤다. 그럴 만도 했다. 간병을 일흔이 넘

○

은 두 노인이 하고 있었다. 식사 후에는 노부부가 번갈아가며 환자의 배를 쓸었다. 항생제 치료 중에 생긴 위막성 대장염이 치료 후에도 끈질기게 괴롭혀 배가 아프다고 인상을 쓰니, 따듯한 두 손을 부지런히 움직여야 했다. 그러면 환자의 찌푸린 미간이 풀린다고 했다.

아내 역시 내게 물었다.

"선생님, 남편이 이제는 표정이 없고, 반응도 별로 없어요. 왜 그러죠? 병원에 올 때마다 웃는 모습을 보여주었는데, 어젯밤엔 안 웃었어요."

지치고 고갈된 체력으로도 환자와 보호자 모두 잘 버텨준 덕에 병세가 많이 호전되었다. 드디어 환자는 입원한 지 두 달하고도 10일이 되는 날 퇴원했다. 집은 2백 미터 거리에 있었지만 환자의 상태 때문에 앰뷸런스를 이용해서 집으로 향했다.

몸 상태에 변화가 없으면 보호자만 오시라고 당부를 드렸더니 일주일 후 어머니가 찾아오셨다. 손에 금빛 보자기에 싸인 보따리 하나를 무겁게 들고 오셨는데 알고 보니 귤이었다.

"우리 며느리가 선생님 드리라고 사 왔더라고요. 고생 많이 하셨다고."

"그리고 아침에 내가 송편을 좀 빚었어. 선생님 애들 갖다 먹이라고…."

얼마 전 나의 아이들이 병원에 왔을 때 복도에서 마주친 적이 있었다. 자식들이라는 말에 환자의 어머니는 화들짝 놀란 표정으로 선생님이 애가 있었느냐면서 총각인 줄 알았다며 선심 쓰듯 농담하셨는데, 그걸 잊지 않으셨나 보다. 직접 아이들을 생각하며 송편을 빚어 오셨다고 하니 참으로 감사했다. 역시 자식 사랑하실 줄 아는 분이라 남의 자식도 귀하게 생각해주시는가 보다.

"이러다 내가 먼저 죽을 지경이지!"라며 자신의 처지와 한계를 푸념하듯 읊조리던 어머니의 말은 기우가 되었다. 환자는 살아서 손주를 보는 기쁨을 누렸다고 한다. 아직 실물로는 보지 못했고 사진으로만 봤는데 보고 나서 활짝 웃었다고 한다.

: 아버지의
  진짜 속내

지난해 폐결핵을 진단받은 여든한 살 박 할아버지는 결핵 약물 치료를 시작한 이래로 한 달에 한 번꼴로 재입원하셨다. 폐결핵은 그런대로 잘 치료돼가고 있었지만 무슨 이유 때문인지 할아버지는 오실 때마다 탈진 상태였다. 진료실 문을 열고 들어오시면서 몇 발짝 내딛는 것도 벅차 보였고, 의자에 털썩 주저앉은 다음에는 깊고 긴 한숨을 내쉬셨다. 얼굴을 보니 그저 모든 게 귀찮고 무의미하단 표정이셨다.

할아버지는 항상 같은 이야기로 말문을 여셨다.

"도무지 입맛이 없어요. 입도 마르고, 밥이 넘어가질 않아요. 기운도 없고요."

"식사는 좀 하세요?"

○

"어제부터는 도저히 아무것도 먹을 수가 없네요. 들어가질 않으니 어떡하죠. 아무래도 입원을 해야 할 것 같아요. 그런데 왜 이러지요? 몸이 더 이상 좋아지질 않는건가요?"

환자는 고개를 들 힘도, 눈 뜰 힘도 없어 보였다.

"지금 치료는 아주 잘 진행되고 있어요. 사진상으로도 많이 좋아졌고요. 지금 보이는 여러 가지 증상들은 폐결핵 때문이 아니고 약물 부작용도 아니에요."

"그래요? 그럼 뭐예요. 난 이렇게 힘든데…"

"일단 입원은 하셔야 할 것 같습니다. 지난번에도 탈수 때문에 급성 신부전신장 기능이 급격하게 저하됨이 왔었지요. 이번에도 크레아티닌Creatinine 수치가 증가했을 거예요. 일단 입원해서 수액도 맞고 원인도 찾아보도록 하지요."

환자에게 운동도 독려하고 적절한 약물 조절로 식사량도 늘려보게끔 했지만 효과가 없었다. 정신건강의학과에 의뢰해서 우울증 약물 치료도 받아보게 하였다. 그러나 그마저도 상태를 개선시키지 못했다. 입원하여 수액 치료와 물리 치료를 받으면 다시 나아지긴 했지만, 퇴원을 하면 몇 주를 못 넘기고 또다시 탈진 상태가 되어 입원을

○

하게 되는 과정이 반복되었다.

이번에도 환자는 입원 2주 만에 회복되었다. 굳은 표정이 풀어졌고 건조한 피부에도 탄력이 돌아왔다. 신장 기능도 정상으로 회복되어 퇴원 계획을 잡았다. 아마도 퇴원 후엔 또다시 오래 매달리기가 시작될 것이다. 삶이라는 철봉에 매달린 팔에 힘이 빠지고 봉 위에 턱을 힘겹게 괼 즈음 다시 병원에 오실 것이다.

지금보다는 좀 더 근본적인 대책이 필요하다고 생각하여 회진을 갔다. 환자는 껌을 씹고 있었다. 입맛이 안 나서 달달한 껌이라도 씹어보는 거라고 말했다. 여럿이 함께 쓰는 병실에서는 깊은 이야기가 나오기 어려울 것 같아 간단히 인사만 한 뒤 외래 진료실에서 만나기로 약속했다.

느지막한 오전, 무표정한 얼굴로 진료실에 앉은 환자에게 말했다.

"문제는 폐질환이 아닌 것 같습니다. 사는 재미가 통 없다는 게 문제 같아요. 그렇지요? 요즘 좀 어떠세요?"

할아버지는 안 그래도 말하고 싶었는데 꾹 참고 있었다는 듯이 의외로 쉽게 속 얘기를 꺼내셨다.

"사는 게 녹록지 않네요. 집에 아무도 없어서 꼭 지

○

128

옥 같아요."

잠시 한숨을 쉬시더니 말씀을 이었다.

"그전에는 사는 게 이렇지 않았어요. 재미있었죠. 30
년간 전세버스를 하면서 전국 방방곡곡 안 가본 데가 없
었지요. 아내는 가이드를 했어요. 똑똑했거든요. 그랬는
데… 이렇게 될 줄은 몰랐어요. 가만있어보자, 2007년이
니까 꽤 오래됐네요. 아내는 고관절 수술을 하고 나서 잘
걷지를 못하게 됐어요. 그때부터 모든 게 변했죠. 넘어지
고 꼼짝 못 하는 아내를 두고 어찌할 바를 몰랐지요. 아내
는 혈액 투석까지 하고 있었거든요. 이 병원에 두 달간 내
리 입원하면서 치료를 받았는데 그때 제가 직접 간병을
했어요. 간병비가 만만치 않았던 터라…. 그랬더니 저도
여기저기 병이 나기 시작하는 겁니다. 허리도 아프고, 기
분도 안 좋고…. 그렇게 지낸 지가 벌써 8년입니다. 지금 아
내는 다른 지역 요양 병원에 있는데, 자꾸 집으로 오겠다
고 해요. 죽어도 집에서 죽겠다고. 가족들도 잘 안 찾아오
니까 서운했나 봅니다."

환자는 자기 삶의 극적 전환점들을 비교적 상세히 기
억하고 있었다. 기쁨이 사라지고 활기를 잃게 된 변곡점.
그래도 순간순간 즐거운 일들이 있지 않았느냐고, 즐겁게

○

지내보시는 게 어떻겠느냔 말에 이렇게 대답하셨다.

"그래요. 목사님도 늘 와서 기도해주시고 하시는 말씀이 마음을 즐겁게 먹으라는 거예요. 그런데 그게 뜻대로 되나요? 상황이 그렇지 않은데 어떻게 즐거워요? 마음이 그렇게 안 되는 걸 어떻게 하나요?"

환자는 마음에 담아두었던 섭섭함과 서글픔을 모두 쏟아냈다. 환자는 '적나라한 현실' 앞에 서 있었다. 세상은 외롭고 고독한 자신을 위로해주지 않는다는 엄연한 사실 앞에 직면한 것이다. 의지할 수 있으리라 믿었던 모든 것이 사라지고 자신의 두 발만 남았다. 고통도 객관화하여 이야기하면 견딜 만해진다고 한다. 그래서일까. 이야기를 마칠 즈음 환자의 얼굴이 조금 나아 보였다.

"힘드시겠어요. 힘들어서 정 못 먹고 기운이 빠지면 또 오시면 되니까 괜찮아요. 대신에 약은 잘 드셔야 합니다. 약은 성실하게 복용하셔야 해요."

"약은 얼마나 더 먹어야 하나요?"

"1년, 그러니까 정확히 1년하고 3개월 남았네요."

"아이고, 허허. 그때까지 내가 살아 있으면 먹을게요."

그러고 나서 며칠 뒤 외래로 약을 받으러 오신 날이

○

었다. 혈액 검사와 흉부 사진을 확인한 뒤 안부를 여쭈었다. 할아버지는 아드님 얘기를 꺼내셨다.

"아들이 집으로 오라는데 갈 수가 있나요. 내가 주소지를 옮기면 의료 급여가 중지돼요. 형편도 어려운데 내 병원비를 아들이 어떻게 감당하나요. 그래서 안 간다고 했더니 삐졌나 봐요. 40일 전부터는 연락도 없어요. 그전에는 매일매일 전화하던 아이였는데… 아들네 집이 27평이고 방도 세 갠데 제가 어디에 있어야 할지도 모르겠고."

환자는 외로움이 몸과 마음으로 견딜 수 있는 한계를 벗어났는데도 아들 집에 가지 않는 이유를 이렇게 설명했다. 경제적인 부담과 함께 생활하면서 겪게 될 불편을 주기 싫었던 것이다. 자식이 겪을 불편보다는 기꺼이 자신이 겪을 고통을 선택하는 게 부모의 마음이라지만 혹시 아드님이 눈치 주거나 싫은 내색을 한 것은 아닐까 싶기도 했다.

얼마 후 아들을 만날 기회가 있었다. 환자가 지독한 두통으로 병원에 내원했을 때였다. 눈도 뜨기 힘들 정도로 아프다면서 혼자 오셔서 간호사가 미는 휠체어에 실려 진료실로 들어오셨다. 병원까지는 어떻게 오셨는지가 신기할 정도였다. 환자는 곧바로 입원하였고, 두통의 원인을 찾기 위해 신경과에 협진을 의뢰했다. CT에 의외의 결과가 나왔다. 외로움과 스트레스가 두통까지 유발하나 싶었는데 뇌출혈이 나온 것이다. 수술을 할 정도는 아니었지만 절대 안정을 취하면서 보호자가 반드시 대기해야 하는 상황이었다.

다음 날 아들을 만나 아버님의 뇌출혈에 대해 이야기하고, 결핵 치료 과정이 순탄하지 않은 것도 문제인 것 같다고 전했다. 아들은 그 말을 듣자마자 다소 흥분한 목소리로 말했다.

"아버지가 고집을 부리셔서 답답해요. 제가 모시겠다고 한 게 벌써 햇수로 3년이 돼가는데도 고집을 꺾지 않으세요. 노인네가 저러면서도 굳이 혼자 사시겠다니 이젠 화가 좀 나요. 그만하셨으면 좋겠는데…."

아들은 아버지가 단순히 고향에 대한 집착과 관성 때문에 집을 못 떠나시는 줄로 아는 것 같았다. 아버지의 마음이 그런 게 아니라고 말하고 싶었지만 하지 못했다. 아무래도 의사가 할 말이 아닌 것 같기도 하고 어색해서. 다만 아버지가 가신다면 근처에서 치료받으실 수 있도록 그간의 검사 결과와 치료 경과를 상세히 적어드리겠노라고 말했다. 아들은 인사를 하고 병실로 올라갔는데 불과 몇 시간 만에 다시 진료실에 들렀다. 아까와는 달리 표정이 밝았다.

"이제야 아버지가 제 집으로 들어오신다고 하네요. 저희 동네 근처 병원을 알아볼게요. 전원 부탁드립니다."

"아, 그래요? 잘됐네요. 환자분이 순순히 아드님 의견을 따라주셨네요."

"아버지가 이제는 지독히도 외로우신가 봐요. 빨리 가자고 울면서 말씀하시네요."

아버지의 눈물 때문에 마음이 많이 시린지 아들도 눈이 벌게졌다. 잘된 일이다. 뇌출혈까지 겹쳤으니 환자의 병은 보호자 없이 혼자서 이겨낼 수 있는 상태가 아니다. 나는 환자의 상태와 치료 경과를 적은 진료 의뢰서를 작성한 후 퇴원을 지시했고, 환자는 다음 날 수도권 중소 도시의 다른 병원으로 옮겨 갔다.

환자는 1년이 지난 지금까지 '살아 있으면 약을 먹겠다던' 약속을 지키고 있다. 아마도 아들네 가족과 그전보다는 훨씬 더 생기 있는 모습으로 지내고 계실 것이다. 밥이 맛있는 세상에서 말이다.

○

III

환자와　　　나

: 대화,
은근한 기쁨

67세 김 할아버지는 폐암 말기 환자다. 할아버지는 본인의 상태에 대해 잘 알고 계셨다. 지난해 대학병원에서 항암치료 여부를 저울질하다 결국 포기했고, 3개월 전에는 늑막에 물이 차는 바람에 입원 치료를 받으신 적도 있었다. 현재는 가슴 통증과 기침 때문에 외래로 치료를 받으시는 중이다.

숨이 차는 증상이 점점 심해지셨기에 나는 여러 번 입원 치료를 권유했다. 할아버지는 그때마다 고사하셨는데, 그 이유가 아내를 돌봐줄 사람이 할아버지 외엔 아무도 없다는 것이었다. 아내분은 신체장애나 인지 기능에 문제가 있는 뇌질환은 아니었지만 혼자 지내시기엔 약간 모자랐다. 버스를 잘못 타 길을 잃거나 마트에서 물건을 사고 계산을 제대로 못 해 손해를 보는 정도의 장애가 있었다. 혼자서 살 수 없는 상태인 데다 가족이나 친지도 없는 아내 때문에 할아버지는 걱정이 많으셨다. 하지만 아내를 위해서라도 살아야 한다는 절박함이 병세를 완화해 주지는 못했다. 증세는 조금씩 악화되었고, 더 이상은 참을 수 없는 정도가 되자 할아버지는 결국 입원하셨다.

암이 번져 흉수가 좌측 흉강을 가득 메운 터라 할아버지는 흉관 삽입술을 받아 좌측 겨드랑이 밑으로 새끼손가락만 한 굵기의 튜브를 달았다. 튜브를 타고 물이 빠지면서 호흡곤란이 다소 잦아들었다.

아내분은 할아버지의 보호자 신분으로 병원에 오셨다. 간혹 병원에서 주무시기도 했고, 동네 지인의 도움을 받아 병원과 집을 오가시곤 했다. 집에 혼자 계실 때는 지인의 도움을 받아 식사를 하시는 모양이었다. 몇 번은 혼자서도 오시는 듯했고, 한번은 도중에 길을 잃어 경찰관의 도움을 받아 병원에 찾아오셨다는 얘기도 들려왔다.

회진을 돌 때면 아내분을 자주 뵐 수 있었는데, 늘 뭔가 이 시간을 기다려 나를 만나려고 노력하시는 것 같았다. 보호자로서 적극적인 역할을 하시려는 것이다. 몇 번은 진료실에서 보호자 신분으로 면담을 하시기도 했다. 대화 시간은 아내분의 긴 질문들 때문에 결코 짧지 않았다.

"(환자가) 아프대요, 괜찮아요?"

"네, 진통제 드렸으니까 괜찮아질 거예요. 지켜봐야죠."

"주사 뺐대요, 괜찮아요?"

"그건 혈관이 안 좋아서 그래요. 다른 곳에다가 다시 주삿줄을 잡아드릴 거예요."

"밥 먹고 배 아프다는데 괜찮아요?"

"아마도 위염 같은 가벼운 병이 있을지도 모르겠어요. 진통제를 많이 복용하시니까 속에 부담이 될 수도 있거든요. 그래도 괜찮아지실 겁니다. 위장약 드렸잖아요."

"언제 집에 가요?"

"아직 멀었어요. 항생제도 더 맞아야 하고 가슴에 꽂아놓은 관도 뽑아야 집에 갈 수 있어요. 조급하게 생각하시면 안 되니까 퇴원할 생각은 하지 마시고요. 차분히 기다리세요."

아내분의 질문에 나는 괜찮다는 말, 더 지켜보자는 말, 집에 언제 갈 수 있을지는 아직 모르겠다는 말을 연거푸 해야 했다. 똑같은 질문을 몇 주 이상 반복해서 하셨

○

고, 대답 또한 항상 비슷했기에 같은 답변을 되풀이할 뿐이었다. 원활하지 못한 대화였다. 항상 같은 자리에 서서 내용 전달이 되지 않는 듯 같은 질문을 재차 물어보신다. 마치 딴 생각을 하느라 대답을 듣지 못한 사람처럼.

그럼에도 불구하고 대화를 중단할 수 없었던 이유가 있는데, 대화가 길어질 때마다 아내분의 얼굴에 표정 변화가 있었기 때문이다. 대화가 진행될수록 은근하고도 미묘한 만족감이 얼굴에 어렸다. 아마도 자신이 남편의 보호자로서의 역할을 잘하고 있다는 자긍심 탓일 거다. 남편에게 늘 보호받기만 했던 그녀가 어쩌면 난생처음으로 역전된 관계를 경험하는 순간인지도 모른다. 진지했던 표정이 점차 밝아지다가 비로소 만족할 만큼의 대화를 하고 나면 '씨~익' 천진난만한 미소가 얼굴 전면에 등장하곤 했다. 대화 중에 생긴 만족감이 지나쳐 행복감에 가까워지고, 속을 감출 줄 모르는 순수함 때문에 기쁜 마음이 그대로 얼굴에 생중계됐다. 난 그 상황이 재밌기도 하고, 아내분의 미소에 응하기 위해 같이 웃었다. 그러면 아내분은 부끄러워하시며 얼굴을 돌리고 어딘가로 가버리셨는데 뒤통수에도 미소가 번져 보일 정도였다.

마치 뒤통수에서 '나는 행복해'라는 정보가 담긴 수

○

140

천 개의 화학 분자가 대기를 타고 전해지는 느낌이었다. 꽃이 향기 나는 입자와 아름다운 빛깔의 꽃잎으로 곤충과 대화하듯이, 아내분의 앞모습과 뒷모습에 그려지는 미소가 내게 무언의 정보를 전해주었다. 동물들의 의사소통 방법 중에 인간의 꾸밈없는 표정만큼 강렬한 것이 또 있을까. 공작새의 화려한 꼬리, 수십 킬로미터를 거뜬히 넘어 전달되는 혹등고래의 거대한 수중 음파, 발정기에 드러나는 비비원숭이의 발갛게 달아오른 엉덩이 등 동물들은 각자 의사를 표현하는 강력한 방법들을 가지고 있다. 이런 방법들은 진정성으로 따지자면 인간의 표정과 얼추 비슷할지는 모르겠지만 다양하고도 섬세한 감정까지 표현 가능한 인간의 얼굴을 따라잡을 순 없을 것이다.

표정의 출중한 정보 전달 능력을 나는 전공의 1년 차 때 경험했다. 간경화 말기 환자가 입원한 지 네 시간 만에 사망하는 사건이 발생했다. 자신의 두 발로 병실에 걸어 들어간 환자가 불과 수시간 만에 싸늘한 주검이 된 것이다. 한 시간 넘게 지속된 심폐소생술도 소용없었다. 갑작스런 심장 마비에 의료진은 적지 않게 당황했고, 가족들 역시 황당하고 믿기 어려운 상황 앞에 망연자실했다. 믿기지 않는 현실을 마주한 유가족들의 분노는 의료진을 향했고, 주치의였던 나는 사망 사건의 가해자가 된 것처럼 추궁당해야 했다.

당시 느꼈던 심적인 어려움들은 얼마 지나지 않아 잊혔지만, 나에게 향했던 얼굴들이 그려낸 증오의 이미지는 아직도 강렬하고 선명하게 남아 있다. 그들의 눈에서는 레이저가 나오고 얼굴의 미세한 근육들이 모두 들고일어나 경련했다. 얼굴은 수천 명의 흥분한 군중들이 궐기하는 광장이었다. 그들은 깃발을 흔들었고, 함성을 외쳤으며, 발갛게 불을 질렀다. 군중들의 함성은 나더러 '네 책임이니 도로 살려내라'는 정보를 전달했고, 그것은 신참내기 의사였던 나를 매우 힘들게 했다. 표정은 극한의 감정까지도 충분히 전달할 수 있다는 사실을 그때 처음 알았다.

의사소통 방법은 다양하다. 그래서 언어 이외의 방법으로 전달되는 것들을 잡아내려는 노력이 필요하다. 그러나 언어를 사용할 줄 안다는 호모 사피엔스로서의 자부심 때문인지 인간은 언어에만 지나치게 의존하려고 한다. 이런 경우 대화가 오히려 갈등을 증폭시키는 경우가 허다하다.

상대방의 감정을 제대로 이해하기 위해서는 언어뿐 아니라 표정과 몸짓에서 나오는 다양한 신호들을 잡아내야 한다. 상대방의 얼굴에서 얻을 수 있는 세밀한 정보를 다루는 것만큼이나 나의 감정을 '얼굴'에 담아 보내는 것 역시 중요하다.

하지만 때론 할아버지의 아내분처럼 상대와 나 사이에 뭔가가 오가는 대화 상황 자체를 즐길 필요도 있겠다. 음파의 미세한 떨림을 잡아내는 귀가 있다는 것, 음파가 전해지면서 마음까지 동요하게 하는 신경계를 공유한다는 것, 근본적으로 그것들을 나눌 수 있는 같은 시공간을 함께 살아간다는 것. 너무나 당연하다고 생각해서 놓치고 살았던 것들이다. 우리가 함께 대화를 나눌 수 있다는 사실 자체만으로도 감사한 일이다.

: 귀로
오지랖 부리기

오늘도 환자의 아들은 진료실에서 한참을 울다 나갔다. 어머니를 이대로 보낼 수는 없다고, 떨어지는 눈물과 콧물을 휴지로 훔쳐내면서. 한숨은 또 얼마나 내쉬던지. 자식으로서 아무것도 해드린 게 없어 도저히 그냥은 못 보내드리겠다고 했다. '가족이 아프다는 게 저런 거구나.' 나는 정말로 사람이 마음 찢어지게 아파서 우는 장면을 목도했다. 죄스러운 마음이 그의 몸 안에서 썩어 진물이 됐다. 그 진액들은 그의 얼굴에 난 모든 구멍으로 쏟아져 나오는 중이었다.

그의 어머니가 병원에 도착한 것은 2주 전 월요일 오후 세 시경이었다. 119구급대원이 심장 마사지를 하면서 응급실로 들어왔지만 심장은 이미 멎어 있었다. 8분가량

○

의 심폐소생술 후 다시 심장박동이 돌아왔지만, 이미 저산소증으로 인한 뇌손상이 심각할 정도로 진행된 상태였고, 그 때문에 일주일 넘도록 의식이 돌아오지 않았다. 인공호흡기가 호흡을 유지해줬고, 중심정맥관으로 영양제를 투입해 몸을 따뜻하게 하는 데 필요한 칼로리를 제공했다. 가족들은 첫 일주일은 혹여 의식이 돌아오지 않을까 기대 반, 걱정 반으로 병원을 찾았지만 2주일이 지난 지금은 걱정 반, 절망 반이었다. 그저 눈물만 보일 뿐이었다.

아들은 어머니가 쓰러지신 게 자신 탓이라 여기며 자책했다. 아들은 '그놈의 당뇨' 때문에 일을 계속 못 했고 아버지마저 당뇨가 심해 일체의 경제 활동을 못 한 지가 오래되었다고 했다. 화불단행禍不單行이라 했던가. 빚을 얻어 입주한 임대아파트의 은행 이자를 채워 넣기도 빠듯한 상황에 어머니마저 일자리를 잃었고, 새로 어렵사리 다시 얻은 일이 아파트 계단 청소였다. 천식 환자였던 어머니가 공기가 탁한 아파트에서 청소를 한다는 것 자체가 엄청난 무리였지만, 어머니는 어려운 생계를 꾸려나가기 위해 남편과 아들의 만류에도 일을 시작하셨다. 결국 유해한 자극에 천식이 악화되고 만 어머니는 아파트 계단 청소 일주일 만에 호흡곤란을 호소하더니 호흡이 아예 멎은 채 발견되신 것이다. 아들은 어머니의 죽음을 자신이 막을 수도 있었다는 죄책감과 후회 때문에 인공호흡기에 의존하고 있는 어머니를 바라보는 일이 더할 수 없이 고통스러웠다. 가족 중 유일하게 경제 활동을 하시던 어머니였기에 날이 갈수록 불어나는 병원비 역시 가족들에게 이별 이상의 아픔이 되었다. 남은 건 그저 절망과 막막함뿐이었다. 아들은 자신의 무능만 자책했고, 비정한 사회는 그에게 어떠한 기회도 주지 않았다.

하지만 어떻게 생각해보면 40대 초반밖에 되지 않은 남자가 무엇이 그토록 무서워서 일을 하지 못했을까 싶었다. 혹 당뇨에 대한 두려움과 공포가 너무 지나쳤던 것은 아닐까. 의사의 도움을 받아 잘만 관리하면 정상적인 직장 생활도 가능했을 텐데, 지레 겁먹은 탓에 자력을 잃어버린 게 아닐까. 자신을 원망하는 아들 앞에서 나 역시 어느새 아들을 책망하고 있었다. '문제는 당신이 겁이 많다는 게 문제입니다. 문제가 스스로에게 있다면 해결책도 본인이 가지고 있는 겁니다'라고 당장이라도 말하고 싶었다. 마침 며칠 전 그가 진료실에 찾아왔기에 기회다 싶어 조심스럽게 물었다.

"환자분의 상태와는 별개인 개인적인 질문입니다만,

한 가지 꼭 여쭤보고 싶은 게 있습니다."

"네, 선생님."

그는 개인적인 질문이라는 말에 약간 상기된 표정으로 나를 쳐다보았다. 최대한 공격성 없는 어조와 태도를 취하려 애쓰며 말했다.

"왜 일을 못 하시는 거죠? 당뇨가 일을 아예 못 하는 병은 아닙니다. 잘 조절하면 직장 생활이 충분히 가능한 병이라서 드리는 말씀입니다."

그가 혹시 병에 대해 잘못된 지식과 두려움을 가지고 있다면 이를 바로잡길 바라는 마음, 아니 더 솔직하게 말하자면 그런 멀쩡한 사지로 도대체 왜 일을 하지 않았느냐고 캐묻고 싶은 마음이었다.

"당뇨가 심해요. 이것 때문에 뭘 할 수가 없어요."

나는 어느 정도 듣다가 말을 끊고 의학적인 반박 및 충고를 하려고 했는데, 그런 생각은 몇 분이 채 되기도 전에 꺾였다. 그의 당뇨는 꽤나 심각해서 많을 때는 하루 100단위 가까이 되는 인슐린을 맞고 있었다. 췌장의 인슐린 분비 기능이 거의 없는 셈이다. 게다가 당뇨 수치가 스트레스나 식사량에 따라 심하게 출렁였다. 그는 웹 디자인을 하고 있는데, 그것만으로는 생활이 되지 않아 여러

○

가지 일거리를 찾아다녔지만 일하기가 쉽지 않았다고 한다. 공사장에라도 나가려면 용역 회사에서 당과 혈압 체크를 해야 하기 때문에 그는 현장에 나가보기도 전에 노동 부적격자로 걸러졌다. 경제적인 어려움은 다시 구직 활동에 대한 압박으로 돌아왔지만, 사회는 노력한다고 해서 직장을 주는 곳이 아니었다. 그러던 지난 몇 년 동안 당뇨는 합병증을 동반하기 시작했고, 시력도 크게 나빠졌다. 아마도 당뇨 때문에 망막변성이 시작된 듯했다. 그는 오직 부모님과 이 황무지 같은 세상에서 어떻게 살아야 할까 고민하고 절망하길 반복할 뿐이었다.

그가 겪고 있는 문제들은 결코 단순하지 않았다. 환경의 문제는 개인의 노력으로 극복할 수 없는 것이었다. 마음속으로나마 그에게 충고하고자 했던 내 자신이 부끄러웠다. 무안하고 그에게 미안했다. 긍정적인 마음, 끈질긴 노력, 이런 것 따위나 당부하면서 얻게 될 뿌듯함을 기대했단 말인가. 아무짝에도 쓸모없는 오지랖을 부리려 들었다니. 나는 그의 고백 앞에서 더는 말을 잇지 못했다.

대화를 마친 후 잔뜩 머쓱해져 있는 나에게 그는 고맙다고 했다. 고맙다니! 맙소사. 이제 오지랖을 부리려면 입이 아니라 귀로 부려야겠다.

○

: 유행가는
그곳에 없었다

병실에 들어섰을 때 벽 전면에 걸린 TV에서 유명 가수가
오래된 유행가를 부르고 있었다. 6인 병실 내 모든 환자들
의 시선이 텔레비전 속 가수에게 고정되어 있었다. 주 할
머니 역시 TV를 보고 계셨다. 순간 할머니의 얼굴에서 눈
물이 주르륵 주르륵 두 볼을 타고 내려오는 게 보였다. 할
머니는 나를 보자마자 흠칫 놀라며 손에 들고 있던 휴지
로 눈물을 닦았다. 보여주고 싶지 않은 모습을 들킨 것같
이 행동하시니 나도 뭔가를 엿본 것 같아 죄송스럽고 어
색했다. 모르는 척 지나갈 수도 없는 상황이라 어쩔 수 없
이 여쭤보았다.

"무슨 일 있으신가요?"

"나이가 드니까 노래만 들어도 내 처지가 서글퍼져

서 눈물이 나."

할머니는 겸연쩍은 미소를 지으시며 말했다. 손에 든 휴지로 계속 눈가를 찍어 훔치시는데 휴지가 이미 반은 젖어 있었다.

"저도 그래요. 나이 드니까 눈물이 많아지더라고요. 세상을 많이 아셔서 그러신 걸 테니 괜찮아요. 우셔도 됩니다."

나이도 한참 어린 의사가 농담 섞어가며 능청을 떨자 할머니는 우는 눈을 하신 채 웃으셨다.

"호호 그래요."

아직 일흔도 안 되셨으니 할머니라 부르기도 어색하지만 손孫이 있으니 할머니는 할머니다. 딸과 손녀까지 셋이 사는 집이었다. 딸은 할머니의 핏줄이 아니다. 중년의 아주머니와 외롭게 지내던 젊은 여성이 서로를 의지하면서 지낸 지 햇수로만 십여 년째라 지금은 친모녀보다도 각별한 사이가 되었다. 딸은 밤늦게까지 일을 했기 때문에 중학교 다니는 손녀를 할머니가 돌봤다. 형편은 어려웠지만, 애정으로 보듬으며 서로에게 큰 재산이 되어준 것 같다.

1년 전 처음 할머니가 찾아왔을 때는 호흡곤란이 심

○

해 걷지도 못할 정도였다. X-ray를 보니 우측에 대엽성 폐렴이 발생했고, 지병으로 앓던 기관지 천식이 더 나빠져 있었다. 반드시 입원해야 하는 상황이었으나 환자가 입원을 하지 않겠다고 고집을 부렸다. 본인이 손녀 밥을 해줘야 딸이 일을 나갈 수 있다는 게 이유였다. 입원하면 딸이 손녀를 챙겨야 하고, 그러면 돈을 벌어 올 수가 없는데, 그날그날 번 돈으로 형편을 이어가는 상황이라 딸이 일을 쉬면 안 된다는 것이다. 하지만 사정을 봐주다가는 병세가 더욱 나빠질 게 뻔했기에, 질긴 설득 끝에 입원 치료를 시작하게 되었다. 기관지 확장제와 항생제를 투여하자 폐렴과 천식이 호전되었고 호흡곤란도 눈에 띄게 나아졌지만 더 큰 문제가 생겼다. 주먹만 한 폐암 덩어리가 발견된 것이다. 흉부 사진상 폐렴으로 보였던 부위의 대부분이 암 덩어리였던 것이다. 할머니에게 대학병원에 가셔야 한다고 말씀드렸지만 완강하게 거부하셨다. 역시나 딸과 손녀 때문이었다. 더군다나 딸이 병원비를 부담하는 것도 싫다고 하셨다. 아무리 설명해도 소용없었다. 결국 딸을 진료실로 불러 상황을 의논했다. 딸은 한참 동안 눈물을 닦으며 자신은 엄마를 대학병원에 모시고 갈 엄두가 안 난다고 했다. 간병이며, 치료며 다 돈이 문제였다. 지금도

○

가난이 턱밑까지 치고 올라와 삶을 압박하는 상황이었다. 엄마에게는 너무나 미안한 일이지만 경제적 능력도 안될뿐더러 중학생 딸아이만이라도 어떻게든 살려야 한다고 했다. 그러면서 내게 선생님이 치료해달라고 사정했다. '가난' 앞에 필요 이상으로 자신을 정죄하며 스스로 죄인이 된 분의 거부하기 어려운 부탁이었다.

사실, 암이 주요 혈관을 이미 침범한 상태라 완치를 기대하기 어렵고, 암 쪽에 있는 소량의 흉수 역시 예후가 좋지 않을 거란 걸 보여주는 뚜렷한 징후였다. 아마도 할머니가 대학병원에서 항암치료를 받게 되더라도 몇 개월 정도를 연장하는 정도일 거고, 따님에게 더 이상의 금전적 부담을 줄 수도 없었다. 결국 완강한 환자 본인의 입장을 재확인한 후 암을 제외한 천식만이라도 치료해보자는데 동의했다. 다행히 암 덩어리 주위로 발생했던 폐렴이 호전되고, 천식 때문에 겪던 호흡곤란도 눈에 띄게 잦아들었다. 할머니는 퇴원하여 1년 정도 더 손녀에게 밥을 해줄 수 있었다.

할머니는 4년만 더 살고 싶다고 하셨다. 손녀가 운동선수인데, 4년 후면 국가대표가 될 수 있다는 것이다. 운동을 잘하는 모양이었다. 손주 얘기를 하는 내내 웃음이 얼굴에서 떠나질 않으셨다. 할머니는 손녀가 세 살일 때부터 업어 키우셨고, 직장 생활을 하는 딸을 대신해 집안일도 도맡아 하셨다. 지금도 손주는 할머니를 매우 살갑게 대한다고 했다. 그렇게 귀한 아이가 애쓰고 땀 흘린 결과를 4년 후면 볼 수 있으니 그때까지만 살면 여한이 없겠다고 하셨다.

"물론이죠. 지금 누워 있는 침대도 2년 치 전세로 드릴게요. 한 번만 재계약하시면 됩니다. 장기 입원이라고 나가라고 안 할 테니 오래오래 사세요."

이때까지만 해도 농담할 여력이 있었는데.

할머니는 호흡곤란으로 재입원하셨다. 이번엔 그전과 다르게 어떤 치료에도 증상이 수그러들 기미가 보이지 않았다. 병변이 진행된 것이다. 암 덩어리는 좌측 주기관지를 입구부터 막아버렸고, 심장혈관과 흉벽까지 침습했다. 화장실도 갈 때 한 번, 올 때 한 번 쉬어야 했다. 암세포가 늑골로 전이됐는지 가슴과 명치에 잦은 통증이 밀려오고 밥도 잘 넘어가지 않는다고 하셨다. 암 덩어리가 식도를 누르기 시작하면서 생기는 증상으로, 점차 더 심해질 일만 남았다. 오래오래 꼭꼭 씹어 삼키시라고 했다. 그나마 아직 한 숟갈에 수십 번씩 오물거리면서라도 식사가 가능한 게 다행이었다. 마약성 진통제를 사용하기 시작했다. 이번에는 아마도 퇴원 못 하실 거라고 딸에게 언질을 줬다. 죽는 그날까지 밥해주면서 부담 주지 않고 조용히 인생을 접겠다는 할머니의 계획도 이제 마지막 단계에 이른 듯했다.

노래만 들어도 주르륵 빗물처럼 눈물이 쏟아졌던 건 본인 없이 살아가야 하는 모녀의 삶이 걱정되었기 때문일까. 가족과의 이별이 아팠던 것일까. 아니다, 그 순간만큼은 오로지 자기 자신을 위해 우셨을 것이다. 유행가 가사 같은 삶 한번 제대로 누려보지 못한 본인의 삶이 애처로운 것이다. 시한부 인생을 선고받은 후 마지막 1년마저도 할머니는 딸과 손녀를 위해 치열하게 밥을 지어주다 가셨다. 역시 유행가는 그곳에 없었다. 그래서 더 서글프다. 눈물은 몸속 깊은 곳에서 솟아난다. 영혼이 육신을 위로해주려고 쓰다듬는 눈물이다. 위로의 손길은 눈물샘을 뚫고 나와 뺨을 타고 가슴을 적신다.

: 짜증
바이러스

78세 이 할아버지는 입원 후 셋째 날부터 짜증을 부리기 시작하셨다. 기침이 가라앉지 않는다는 게 이유였다. 검사상으로는 좋아지고 있으니 조금 더 기다려보시라고 말하고 다독이면서 청진을 했다.

"숨소리는 좋아지고 있네요. 걱정 마세요."

입원 후 넷째 날은 병실 분위기가 한층 밝아졌다. 기침이 좋아졌다면서 할아버지는 언제 짜증을 냈었냐는 듯 큰 소리로 내 편을 들어주셨다.

"허허 기침 별로 안 해요. 좋아졌네요." 그러더니 말을 덧붙인다.

"병원에 왔으니 선생님 말만 들어야지. 그러~엄, 내가 선생님을 믿습니다."

○

환자가 병원에서 의사 말을 들어야 한다는 당연한 얘길 강조하면 기분이 어정쩡해진다. 칭찬 같아서 좋기도 하지만, 반면에 내 몸을 믿고 맡길 테니 기대만큼 분발해 달라는 압박성 발언으로 들리기도 하기 때문이다. 아니나 다를까, 다섯 째날 환자는 다시 짜증을 냈다. 외래 진료 중이었는데, 병실에서 할아버지가 복통을 호소하신다는 연락이 왔지만 당장 가볼 수 없으니 급한 대로 약만 먼저 처방한 후였다. 나중에 핸드폰을 확인하니 "의사 선생님이 안 오신다고 불평하세요. 와주실 수 없나요?"라는 메시지가 와 있었다. 짬을 내어 병실에 가봤다. 입원 후 변을 한 번도 못 보신 상태라 변비약을 처방했다. 청진을 해보니 배 속이 부글거렸다. 대변만 시원하게 보면 될 일이었다.

이 역시 몇 시간 지나지 않아 해결되었다. 옆에서 간병하던 부인 되시는 할머니가 "내가 이렇게 하면서 시계 방향으로 돌려줬더니 쑬렁 나오지 뭐야~. 내 손이 약손이지, 그죠? 선생님." 하고 말씀하셨다. 그러시면서 두 손을 모아 둥그렇게 원을 그리면서 시계 방향으로 돌리셨다.

"내가 예전에도 이렇게 많이 해결했다니까~."

부인의 약손 때문인지 변비약 때문인지 하여간에 할

○

아버지는 대장을 비워버리면서 기분도 다시 쾌청해지신 듯했다. 나는 할아버지에게 "부인 잘 두셨네요. 저런 약손은 쉽게 만날 수 있는 게 아니에요."라고 농담을 건넸지만 할아버지는 웃지 않으셨다.

그리고 다음 날, 할아버지의 기분은 또다시 땅 밑으로 곤두박질쳤다. 바깥 날씨는 구름 한 점 없이 쾌청했다. 맑은 기분으로 출근하여 아침 회진에 나섰는데 할아버지 병실의 날씨는 먹구름에 찬바람이 쌩쌩 불었다.

"선생님, 할아버지가 소변 때문에 화가 많이 나셨어요."

"또? 왜~."

한두 번도 아니고 세 번째, 나도 이젠 진절머리가 났다.

"밤새 소변을 잘 못 보셨어요. 아침에 Nelaton 단순 도뇨. 소변이 나오지 않을 때 요도로 가느다란 관을 삽입하여 강제로 배출하는 것 했더니 650cc 나왔거든요. 예전에 소변 때문에 약을 드셨었대요."

아마도 전립성 비대증일 것이다. 입원 전에는 약을 복용하고 있었는데 입원하면서 약을 안 먹기 시작하자 소변이 나오지 않는 것이었다. 할아버지는 병원에서 나오는

○

약 속에 소변약이 포함되어 있다고 알고 계셨는데, 막상 증상이 심해져 간호사에게 물어보니 그런 약은 드시지 않고 있다고 대답한 것이다. 할아버지는 자신이 먹던 약을 빠뜨렸다는 데 단단히 화가 나셨다. 하지만 입원하면서 진행했던 병력 문진에는 전립성 비대증에 대한 언급이 없었다. 병력 문진이 철저하지 못해서 평소 복용하던 약이 빠지는 경우는 종종 있는 일이다. 할아버지는 증상이 갑자기 어젯밤에 나타나 밤새 고생 좀 하신 모양이었다.

'그래, 화날 수 있지, 뭘.'

비뇨기과에 협진 의뢰하여 약물을 조절하면 소변도 잘 보게 될 것이고 화도 그만 수그러들 것이다. 한숨을 쉬며 성난 맘을 추스르고 회진을 가려고 하는데 간호사가 덧붙인다.

"그런데요, 아드님도 화가 많이 났어요. 소리 지르고 나가버리셨어요."

"아들? 아들이 있었어?"

"네, 밤에 병실에 있다가요, 간호사실로 직접 나와서 책임 못 질 거면 보내야 하는 거 아니냐며 소란을 피우셨어요."

짜증은 바이러스처럼 전염된다. 할아버지의 짜증은

아들에게 전염되었고, 그게 간호사를 통해 내게 전달되어 내 속도 부글거리고 김이 나기 시작했다. 이성적으로 판단하건대 정말 짜증이 날 만하다. 독감으로 외래 환자들이 몰려들어 가뜩이나 몸이 피곤한데 병실 환자와 보호자까지 이런 식이라니. 그것도 오늘이 입원 후 세 번째다! 이런 변덕스런 분과 어찌 사이좋게 지낼 수 있겠는가. 아들은 또 어떻고? 아버지가 입원하신 지 5일 째인데 코빼기도 안 비추다가 갑자기 나타나더니 나에게 책임을 묻다니! 좋다, 나도 아들의 책임을 묻지 않을 수 없다. 그런 경박한 태도에 대한 책임을 물을 것이다. 대학병원으로 보낼까 생각했다. 그렇게 된다면 아들과 환자가 겪게 될 번거로움과 고생은 내 책임이 아니라 아들의 책임이 된다. 나는 결연한 마음으로 간호사에게 말했다.

"아들분 돌아오면 내 방으로 오라 하세요."

잠시 후 외래에서 아들과 대면하게 되었다. 어머니와 함께 왔다. 두 분이 함께 들어오는데 얼굴 표정이 예상과 조금 달랐고 어머니는 심지어 얼굴에 미소마저 띠고 있었다. 아침 식사를 하고 오셨다니까 위장의 포만감 때문인 걸까? 아들도 불만에 가득 차서 소리를 지르고 뛰쳐나간 얼굴은 아니었다. 나는 책임을 언급하던 그의 얼굴에

책임을 부여하고 싶었고, 그런 말들만 머릿속에 골라놓고 기다리던 참이었다.

'아까 책임 못 질 것 같으면 보내야 하지 않겠느냐고 말씀하셨다지요? 물론 가족들이 원하신다면 보내드려야지요. 병원을 선택할 수 있는 권리는 당연히 환자와 보호자에게 있는 겁니다.'라는 말을 꺼내려다 순간적으로 다른 문장을 꺼내버리고 말았다. 아마도 두 분의 표정 때문이었을 거다. 창을 들고 기다리고 있었는데 상대가 방패도 없는 무방비 상태로 들어와버리니 계획을 수정하는 수밖에 없었다.

"제가 오래 살 것 같아요, 할아버지께 하도 욕을 먹어서."

"네?" 어머니가 되물었다.

"할아버지께 하도 욕을 먹어서 제가 '오래' 살 것 같단 말입니다."

문장의 뜻이 제대로 전달되자마자 할머니가 박장대소했다.

"하하하, 그러게 선생님 오래 사시라구, 하하, 우리 양반이 그런다니까~ 하하하."

아들은 눈을 반달 모양을 하고 말했다.

"아~ 전 선생님이 오라고 하셔서서 뭐가 안 좋은 줄 알았잖아요. 하하, 감사합니다."

갑자기 시나리오가 예상치 못한 방향으로 진행했다. 전염병처럼 번지던 짜증의 소용돌이가 바람 빠진 풍선처럼 쪼그라들었다. 결연한 심기로 전투를 준비했던 내 '자아'가 머쓱해졌다. 나는 다시 두 분에게 할아버지 상태에 대해 설명했다. 입원하게 된 주원인인 기관지염은 호전되고 있지만, 고령인 관계로 여러 가지 별개의 증상들이 발생했고 모두 대수롭지 않은 문제이므로 큰 병원을 고려할 정도는 아니라고 말이다. 가족분들과 화기애애한 분위기에서 면담을 마치게 될 줄이야.

할아버지는 오후에 회진을 돌 때까지도 화가 덜 풀리셨는데, 부인께서 내 편을 들어주셔서 이전보다 한결 수월했다.

: 고쟁이 입은
아주머니

호흡기respiratory system는 대기와 가스를 교환하는 운영체
계다. 생명 활동에 반드시 필요하다는 쓰임 외에도 호흡
기에는 소리를 내는 기능이 추가돼 있다. 본 공연을 본 뒤
추첨을 통해 주어지는 경품 같은 혜택이라 볼 수도 있겠
지만, '발성'이 이뤄낸 인류 문화 자산들을 떠올려보면 단
연 행운의 경품이라 할 수 있다.

　그럼 소리는 어떻게 만들어지는 건지 살펴보자. 호
흡 근육의 운동으로 발생한 음압에 의해 공기가 흉곽 내
로 들어온다. 코를 타고 들어온 공기는 성대를 지나 기관
지로 이어져 가슴 속 가장 깊숙한 곳에 있는 폐포까지 다
다른다. 거기서 가스 교환을 한 후 공기는 다시 흉곽과 폐
의 탄성에 의해 기관지를 타고 밖으로 슈-웅 밀려나간다.

○

이때 기관지 말미에 위치한 성대는 입술을 모아 휘파람을 불듯, 숨길을 좁혀 소리를 내고, 소리는 여러 구강 구조물의 도움을 받아 특색 있는 한 사람의 목소리가 된다.

성대에서 폐포까지 이르는 길은 '숨길'이자 하나의 '기다란 소리 통'이다. 한쪽 끝은 대기를 향해 열려 있고, 다른 한쪽 끝은 3억 개의 폐포와 연결되어 있다. 그리고 폐포는 온몸을 구성하고 있는 모든 세포와 연결된다. 그런 까닭에 '소리 통 연주'에는 개체 내 모든 세포들이 관여한다고 볼 수 있다. 따라서 목소리에는 몸 전체의 의지가 담긴다. 말은 입이 하는 일이 아니라 몸이 하는 일이다.

몸의 상태에 따라 목소리도 달라진다. 때때로 몸 깊숙이 아픈 곳에서 발현된 목소리는 상대방을 혼란에 빠뜨리기도 한다. 그런 목소리는 타인에게 이해하기 어려운 불협화음, 즉 소음으로만 들리기도 한다. 특히 병원에서 이런 분들을 맞닥뜨려 당황한 적이 많다.

전공의 4년 차 때의 일이다. 병동에서 급한 연락이 왔다.

"선생님 큰일 났어요. 지금 환자 보호자가 난리가 났어요. 아무리 말해도 도무지 말이 통하질 않아요. 빨리 와주셔야 해요."

폐암을 진단받고 항암치료 중인 환자가 있었다. 환자는 50대 남자였고, 그의 부인은 격앙된 몸짓으로 과하게 소리 통을 떨면서 매우 위대한 크기의 소리를 내고 있었다.

"아니, 지금 누구 죽으라는 얘기야? 죽을 사람이니까 치료도 안 해주겠다는 거야? 오지 말라는 얘기가 이제 곧 죽을 거라는 얘기 아니냐고요?"

"그게 아니고요, 아주머니. 제 말 좀 들어보세요…."

"아니긴 뭐가 아니야! 왜 멀쩡한 사람을 그렇게 취급해! 의사 나오라고 해!"

문제는 1년 차의 단순 실수였다. 오늘 퇴원할 예정이었던 환자의 다음 외래 진료 약속을 잡아주지 않았던 것이다. 퇴원하면 약을 처방하고 다음 외래 일정을 잡아야 하는데, 깜박 잊었는지 약만 처방하고 말았던 것이다. 어떻게 보면 대수롭지 않은 문제지만, 말기 암 환자의 보호자 입장에선 대단히도 큰일이 되어버린 것이다. 아주머니는 의료진이 남편을 포기했다는 의심이 사실인 게 드러났다고 확신했다.

"이거 보세요, 보호자분. 그게 아니라니까요. 왜 말귀를 못 알아들으세요?"

"나 귀 안 먹었어요. 말귀를 못 알아듣는 건 당신이에요. 이거, 여기 계산서 좀 봐요!"

도착했을 땐 이미 대화의 방향이 살짝 뒤틀려 있었다. '도대체가 말이 안 통하는 쪽은 누구인가'라는 주제로 의미 전달이 전혀 안 되는 소리들이 오갔다. 대화를 다시 시도해보았지만, 쉽지 않았다. 이미 절망을 경험한 아주머니의 마음은 쉽게 가라앉지 않았다. 한참을 진정시킨 후에야 제대로 된 대화가 가능했고, 우리의 본의를 전달할 수 있었다. 환자는 현재 치료 중이며, 앞으로도 계속 치료할 것이고, 외래 약속을 잡지 않은 것은 단순한 실수였음을 말씀드렸다. 의사도 인간인지라 너무 바쁜 날에는 가끔씩 이런 실수를 저지르기도 하니 너그럽게 이해해달라고 다소 궁색한 변명까지 곁들였다. 아주머니는 지나치게 예민했다. 나 또한 아주머니를 진정시키려고 애쓰는 와중에 터져 올라오려는 울화를 몇 번이나 삭여야 했다.

회진을 마치고 내려온 후에도 아까 미처 분출되지 못했던 울분에 마음이 어지러웠다. 이런 상태로는 도저히 일을 지속할 수 없어 아주머니를 내 나름대로 정리해봤다. '오래 살아봐야 만날 수 있는 별 이상한 아줌마'라고.

일을 마치고 병원 문을 나서는데 무표정한 얼굴로

택시 승강장에 서 있는 아주머니와 환자분을 보았다. 환자는 체크무늬 바지에 남방을 입은 전형적인 농촌 아저씨의 모습이었는데, 어깨가 축 처진 게 한눈에 봐도 체력적으로 힘들어 보였다. 아주머니는 양손에 보따리를 들고 있었는데, 그중 하나는 이불이었다. 부부가 나란히 서서 무표정한 얼굴로 전방만을 주시하는 모습이 어째 둘 사이에 써늘한 바람이 부는 게 느껴졌다. 아까 병실에서 있었던 일 때문에 두 분이 다투었을지도 모르겠다. 이런저런 생각을 하던 중 아주머니가 입고 계시던 꽃무늬 고쟁이가 무심코 내 눈에 들어왔다.

고쟁이. 그저 편하게 입는 옷이기도 하지만 한편으로는 고단한 삶을 대변하는 옷이기도 하다. 고쟁이는 나의 할머니가 항상 입으시던 추억의 옷이다. 평생 알뜰하다 못해 개미마저도 복 들여온다고 잡아 죽이지 않으시던 할머니는 사계절 내내 일할 때도, 밥 먹을 때도, 심지어 잘 때도 고쟁이를 입으셨다. 기워 입고, 헝겊을 덧대 입어도 썩 잘 어울리던 옷이었다.

문득 고쟁이가 아주머니의 심경을 들려주는 것 같았다. '지금 나의 마음이 얼마나 고단하고 힘든지, 내가 얼마나 남편을 살리고 싶은지, 남편의 죽음이 얼마나 두려운지.' 다음 진료 예약이 잡히지 않았다는 말은 아주머니에겐 마치 자신과 남편에게 내리는 사형 선고처럼 들렸을 거고, 두려운 마음에 언성을 높이며 방어할 수밖에 없었을 것이다. 필사적으로.

　두려움에 대한 방어는 대개가 그렇듯 표현 방식이 거칠다. 그럴 때 몸이 내는 소리는 격렬하면서도 집요하다. 본심을 왜곡해 쌍방 간에 소통을 어렵게 만든다. 아주머니의 경우도 마찬가지였을 것이다. 아주머니의 말만 듣고 '이상한 여자'라 정의한 뒤 의사라는 직업적 마인드에 충실하기 위해 닫아버렸던 마음의 문을 고쟁이가 열어준 기분이었다. 만약 아주머니와 대화하던 당시의 내가, 진짜 말하고자 했던 간절함이 담긴 그분의 목소리를 제대로 감상할 수 있었다면 보다 따뜻한 대화가 오고 가지 않았을까. 나 역시 분을 참아내는 수고를 덜 수 있었을 것이다. 고쟁이 덕분에 상념에 빠져들다 한 수 배웠다. 소리는 입에서 튀어나오지만 소리를 만들어내는 건 몸이 하는 일이라는 것. 그걸 이해하는 순간 우리는 '대화'라는 예술의 세계에 발을 들여놓게 된다.

　그날 이후 아주머니와 나는 비교적 잘 통하는 사이가 되었다.

○

: 아프고
나서야

환자는 차라리 잘된 일이라고 했다. 자기는 그렇게 죽고 싶었다면서 벌어진 상황을 반겼다. 그의 흉부 방사선 사진에서 4센티 크기의 덩어리가 발견됐고, 2년 전 찍은 사진에는 없었기에 암일 가능성이 높다고 얘기할 때였다. 그의 표정은 오히려 밝아졌다.

"그래요? 하하, 다행입니다. 그렇게 죽어야죠. 지금 이건 진짜 아니거든요."

붕대를 감은 오른발을 가리키며 그가 말했다.

"이건 정말 아니에요. 발이 퉁퉁 부었잖아요. 아니, 엊그제 발에 웬 물집이 잡혀서 이쑤시개로 파내 좀 짜고 나서 잤더니 다음 날 이렇게 됐어요. 발이 이 모양이 돼가지고서는 안 될 것 같아 병원에 왔는데, 이제 와서 가슴

○

에 죽을 만한 병이 있다고 하니 차라리 잘된 일입니다. 검사도 필요 없어요."

"잠시만 제 말을 들어보세요."

얼른 그의 말을 끊었다. 그렇게 한참 들어주다가는 진료가 끝나질 않을 것 같았다. 아침 시간이라 밖에 대기 환자들이 진료를 기다리고 있었다.

"지금 당장 뭘 하자는 게 아닙니다. 먼저 CT촬영부터 해야 다음 계획을 잡을 수 있어요. 급한 일은 아니니까 지금 당장 결정 못 하시겠으면 시간을 가지고 가족분들과 상의해보시는 것도 좋아요, 아시겠지요?"

생각할 시간을 가져보라는 말의 의미는 '일단 이 대화는 여기서 접자'는 뜻이다. 나는 의사로서 해야 할 말은 이미 다 했고, 환자에게 더 얻어야 할 정보도 없었다. 이 문제를 가지고 아침 시간을 더 뺏길 순 없었다. 더군다나 이분은 발가락 사이에서 시작된 봉와직염피하 조직에 나타나는 급성 세균 감염증으로 정형외과에 입원한 환자다. 염증 치료부터 하고 나서 이 문제를 거론해도 늦지 않았다. 그러나 환자는 대화를 끝낼 생각이 없는 듯 보였다. 그는 의자에 앉아 계속 말을 이었다.

"글쎄, 암이면 좋다니까요. 검사는 안 합니다. 돈도

o

없고 아무것도 없습니다."

그는 자리에서 일어설 기색이 없어 보였다. 어쩔 수 없다. 다음 환자가 기다리고 있으니 밖으로 나가달라고 하거나 아니면 하고 싶은 말이 끝날 때까지 기다려줘야 한다. 나는 후자를 택했다. 의자를 돌려 몸을 온전히 그를 향할 수 있도록 고쳐 앉고 환자를 응시했다.

"제겐 아무것도 없습니다. 검사하려면 돈이 필요한데, 없어요. 아무것도 없어요."

고개를 끄덕이며 들었다. 그래야 대화가 빨리 끝날 것 같았다.

"제가 마흔다섯에 아내를 잃었고요. 자식 키워서 내보내고 이때까지 혼자 살고 있습니다. IMF 때 말입니다. 마누라가 떠난 사람들이 한둘이 아니에요. 저도 그 후로 지금까지 혼자 지냅니다. 지금은 돈이 없지만 젊었을 때는 조금 벌었죠. 미장을 했습니다. 그런데 언제부턴가 일감이 없어졌어요."

도배장판을 해야 하는 건축물들이 줄었기 때문이라고 했다. 집 짓는 공법까지 설명했는데 세세한 것까지는 이해할 수 없었다. 그는 생계를 유지하기 위해 일용직을 시작했다.

"아침에 일어나 동암역 앞에 가서 용역 회사에 이름을 적고 버스를 기다려요. 그러면 버스가 우릴 태우고 파주며 일산이며 일할 곳으로 실어 나릅니다. 그렇게 하루 종일 일하고 나면 7만 원 받습니다. 거기서 회사 몫으로 얼마 떼고 저녁 먹고 나면 5만 원 정도 들고 집에 들어가게 돼요. 일이 끝나면 피곤하고 온몸에 힘이 하나도 없어요. 그러면 역 앞에서 돼지껍데기에 소주 한잔해야 합니다. 그래야 집에 들어갈 힘이 나요."

나는 그의 말에 응수할 만한 타이밍을 찾은 것 같아 맞장구를 쳤다.

"그럼요, 소주 한잔해야죠. 그게 얼마나 맛있는데요."

그러자 그의 목소리가 더 커졌다.

"그럼요. 그래봐야 소주 한 병, 많을 때는 한 병 반. 몇 명이 모여 5천 원씩 걷어서 그렇게 먹어요. 그런데요, 그것도 겨울에 3~4개월은 일이 없어서 놉니다."

그는 나이가 들면서 일감은 더 없어지고 그나마 여름에만 있던 일용직 일도 못 하게 되어 생활이 더욱 힘들어졌다고 말을 이었다.

"지금은 노령연금 20만 원, 기초생활수급 23만 원이 나와서 그걸로 삽니다. 월세에 전기, 수도, 가스비 떼면 얼마 남지 않아요. 이 돈으로 어떻게 삽니까. 사는 게 재미도 없고요. 도대체 이사는 몇 번을 해야 하는지도 모르겠습니다. 제 인생에 40번은 이사했을 겁니다. 사는 게 힘들지요. 그런데요, 기초생활수급도 원래 45만 원을 받았었는데, 노령연금 준다면서 23만 원으로 깎아버린 겁니다."

"아니, 그걸 깎아요? 그런 게 어디 있습니까? 그러고도 줬다고 생색을 내나요?"

나는 두 번째로 응수했다. 잠시나마 그와 같은 편이 될 수 있는 기회인 것 같아 크게 공감한다는 표현을 하기 위해 목소리를 높였다. 그가 더욱 흥분하여 얘기할 줄 알았는데 기대와 달리 태도가 너그러워졌다.

"그래도 주는 게 어딘가요? 적은 돈이지만 말입니다."

대화를 하면서 응어리가 좀 풀어진 건가 싶었다.

그렇게 검사를 받지 못하는 이유가 모두 설명되었을 즈음 그는 억양이 부드러워졌고, 말이 점차 줄어들었다. 그는 젊어서 열심히 일했지만, 지금은 아무것도 가진 게 없다. 나쁜 짓을 하며 살았던 것도 아니고, 도박으로 돈을 날린 것도 아닌데 이렇게 되었다고 했다. 그는 주어진 환경을 어떻게든 헤쳐나가려고 열심히 달렸지만, 삶은 불가

○

항력적이라는 결론밖엔 내릴 수 없었던 거다. '나는 검사를 받지 않겠다'는 말에는 세상에 대한 원망과 하소연이 들어 있었다. 그의 모든 말이 끝나자 잠시 침묵이 흘렀다. 이제는 정말 대화를 끝내야 했기에 환자에게 마무리 질문을 던졌다.

"그럼 돈이 드는 검사는 어렵겠네요. 돈이 들지 않는 선에서만 검사를 진행해보는 게 어떨까요?"

그는 알겠다고, 선생님 말씀대로 하겠다고 대답했다. 그러고는 자리를 뜨면서 덧붙여 말했다.

"하하, 감사합니다. 이렇게 제 얘길 들어주셔서…"

병은 관계의 실체를 드러낸다. '병든 몸'은 이제껏 유지해왔던 가족 관계, 사회적 관계, 경제적 관계를 들추어내면서 위력을 발휘한다. 인권 전문가 김민아는 그의 저서 『아픈 몸, 더 아픈 차별』에서 이렇게 말했다.

질병은 내 몸에만 발현되는 증상이 아니라 몸을 가진 개인, 그 개인을 둘러싼 사회적 관계를 극명히 보여 주는 징표로서 작동합니다. 전선으로 연결된 작은 전구들에 일제히 불이 들어오듯 나와 연결돼 있는 관계의 실체가 고스란히 드러나게 만드는 질병은, 병을 치료받을 경제적 여건이나 사회적 자원이라는 전구에 불이 들어오지 않을 때 본격적으로 위력을 발휘합니다. 따라서 질병을 앓는 사람은 개인이 아닙니다. 가족, 의료, 소득, 주거, 환경… 삶과 관련된 모든 요소들이 이제 막 그가 짊어진 질병이라는 가방 안에 담겨 옵니다. 사람은 몸속 가장 깊은 곳까지 사회적 관계로 얽혀 있는 까닭입니다.[8]

앞서 대화를 나눴던 환자 또한 몸이 아프고 나자 가족이 없다는 사실이 더 사무쳤고, 의지할 만한 사회 동료가 없다는 게 더욱 외로워졌으며, 열심히 살아왔는데도 병을 치료할 만한 경제적 여유가 없다는 사실이 더욱 서글퍼졌다. 인간이 '몸속 가장 깊은 곳까지 사회적 관계로 얽혀 있다는' 사실을 병이 생기면서 더욱 자각하게 된 것이다. '질병'이 단절된 인생 회로가 삶을 위협하고 있다는 걸 알렸고, 그는 막다른 길목에서 느끼는 절망을 내게 하소연했다. 때때로 질병은 신체의 국소 부위에 생긴 문제에 그치는 게 아니라 삶 전체가 담긴 그릇이 깨지는 것을 의미한다.

그가 과거로 돌아가 인생을 다시 살아볼 수 있다 해도 사회가 근본적으로 바뀌지 않는 한 더 나은 삶을 기대

○

하기는 어려울 것이다. 한 인간을 무력한 존재로 규정짓게
만드는 거대한 사회구조에 대해 다시 생각해보게 된다.

: 당신의 이야기를
들려주세요

'병'이 커다란 상실과 아픔으로 다가올 때 사람은 무엇을 할 수 있을까? 내가 만난 몇몇 환자들은 그들의 처지를 이야기하는 것만으로도 만족감을 얻었다. 저항할 수단이 아무것도 없는 이들에게 '이야기'는 최후의 무기다. 물론 치료에 직접적인 도움이 되진 않겠지만, 누군가에게 나의 사정을 토로함으로써 아직 이 땅과 이어진 관계의 고리들이 존재한다는 사실을 지각하게 하는 최소한의 희망일 수 있다.

간호학과 교수이자 저개발 국가의 국제개발협력 사업에 참여하고 있는 장윤경 선생은 내게 이렇게 말한 적이 있다.

"아픈 사람들, 특히 기구한 운명을 가진 사람을 많이 만나게 돼요. 그런 사람들은 말을 하고 싶어 합니다. 그들 주위에 사람이 없는 것도 아니에요. 친구나 가족이 있겠지요. 그러나 제 경험으로 볼 때 이런 사람이 자신의 사연을 이야기할 수 있는 사람은 제한되어 있습니다. 일단 상대에게 권위가 느껴져야 속내를 털어놓게 돼요. 청자에게서 그만큼의 신뢰가 느껴지면 때론 그런 사람과 대화를 나눈다는 상황 자체만으로도 커다란 위로와 성취감을 얻게 됩니다. 의사는 그럴 만한 충분한 권위를 가지고 있는 것이지요."

그녀 말대로라면 의사와 단 둘이 진료실에서 함께 대화를 나누는 것만으로도 환자에겐 큰 위안이 될지도 모르겠다. 다음은 몇 주 전에 만났던 할머니 이야기다.

잘 걷지도 못하시는 82세 박 할머니가 어렵게 진료실을 찾아오셨다. 간호사의 부축을 받으며 뒤뚱뒤뚱 걸어들어와 의자에 털썩 앉으셨다. 박 할머니는 앉자마자 팥죽을 쑤었다는 얘기부터 하셨다.

"내가 여기 오려고 팥죽을 쑤었잖아."

진료실에 와서 무든 뜬딴지같은 소리를 하시는 건지. 나는 더 들을 필요도 없다고 느끼며 할머니의 말을 끊었다.

"그래서 어디가 아프세요?"

"숨이 차. 걷지도 못하겠어요."

"언제부터 그러세요?"

할머니의 말이 다 끝나기도 전에 내가 물었다. 할머니는 답하길 주저하셨다. 이럴 때가 가장 답답하다. 증세가 언제부터 시작되었는지도 잘 모르면서 병원엘 왔단 말인가. 대강이라도 아팠던 기간을 알아야 다음 질문을 이어갈 수 있기에 구체적으로 다시 물었다.

"몇 개월 되셨어요? 아니면 몇 주? 며칠?"

할머니는 역시나 오래됐다는 추상적인 대답으로 얼버무렸다. 시계를 보니 20분 후면 퇴근 시간이었다. '좋아, 오래된 호흡곤란이라.' 나는 기침이나 가래는 없는지, 감기 증상은 없는지, 잠잘 때 색색거리는 소리가 들리지는 않는지, 흡연 여부까지 일사천리로 묻고 대답을 차트에 적어 내려갔다. 그리고 청진을 하려고 일어나 할머니에게 다가갔다.

"할머니, 숨소리 좀 들어볼게요."

할머니의 상의를 들어 올렸다. 조끼 밑에 셔츠, 셔츠 밑에 내의, 내의 밑에 또 내의를 벗겨 올렸다. 많이도 입으

○

셨네요, 혼자 중얼거리면서 청진을 했다. 숨소리가 깨끗했다. 호흡기 질환은 없어 보였다. 비전형적인 증세들이었고, 숨이 차다는 얘기는 연세가 많아 근력이 부족하다는 걸 의미하는 것 같았다. 어쩌면 심인성 증상일 수도 있었다. 일종의 화병인 셈인데, 할머니의 경우 가슴이 답답하고 숨이 찬 증상을 호소하는 건 맞지만 화병에 동반하는 다른 증상들을 보이지는 않았다.

퇴근 시간이 얼마 남지 않았다는 사실이 나를 압박했지만 이런 분을 그냥 보내서는 안 된다는 사실을 경험적으로 알았다. 숨이 차다고 구부정히 종종걸음으로 오신 분을 청진 한 번 해보고 괜찮으니 가시라는 말을 했다가는 정말 큰 욕을 먹기 십상이다. 결국 할머니에게 흉부 방사선 사진을 찍어보자고 했다.

"그럼 할머니, 가슴 사진 좀 찍어볼게요. 증상이나 청진 소리로만 봐서는 문제가 없어 보입니다. 가슴 사진도 전혀 걱정할 게 없으실 겁니다."

자세히 설명한 뒤 사진을 찍고 오시라고 오른손을 크게 문 쪽으로 뻗어 보였다.

"근데 내가 팥죽을 쒔잖어."

할머니는 다시 팥죽 얘기를 꺼내셨다. 내가 다시 한

○

번 손짓으로 진행 방향을 일러드렸는데도 할머니는 자리에 앉은 채로 말을 이으셨다.

"숨이 찬데 말여. 여길 올 수가 있어야지. 그래서 팥죽을 한 그릇 쒀서 동네 뭐시기한테 주고 병원에 좀 데려다달라고 했거든. 그랬더니 요 앞까지 데려다췄어요. 에휴…."

"아 그러셨어요…. 숨이 많이 차셨나 본데 숨소리는 아주 좋거든요. 사진 한번 찍어볼게요."

"숨소리가 좋기는…. 내가 아직도 숨이 차, 기침도 하고. 기침할 때는 오줌도 지려서 기저귀를 차고 다니잖아."

그러고 보니 청진할 때 퀴퀴한 냄새가 느껴졌었다. 걷기도 힘드신 분이 기저귀까지 차고 다니시니, 혼자서는 도저히 병원에 다닐 수 없는 분이 정말 어렵게 오셨다는 생각이 그제야 들었다. 아무래도 할머니께서 아직 털어놓지 않으신 절박한 이야기가 있을 것 같아 좀 더 들어보기로 했다.

할머니는 살기가 버겁다고 하셨다. 자식들은 비명횡사했고, 며느리도 죽었다. 나머지 하나 있는 자식은 어디 있는지도 모르겠다고 하셨다.

"난 살아서 자식이 둘이나 먼저 죽는 걸 본 사람이에

○

180

요. 무슨 사는 재미가 있겠어요. 빨리 죽었으면 좋겠는데, 그렇게도 못 해요."

"그러시겠네요. 많이 힘드시겠습니다."

할머니는 웃으시며 내 말을 받았다.

"내가 이래요. 이렇게 살아요."

"그래요. 어떻게든 사셔야지요. 하여간에 숨이 찬 건 제가 보기에 큰 병 때문은 아닌 것 같거든요. 가슴 사진은 확인해볼 필요가 있어요. 사진 한 장만 금방 찍고 오실게요."

할머니는 간호사가 밀어주는 휠체어를 타고 사진을 찍고 오셨다. 모니터로 사진을 확인한 후 다행히 큰 병은 없다고 전해드린 뒤 몇 가지 기침약을 처방한 후 진료를 끝냈다. 퇴근할 때 멀리서 휠체어에 실려 이동하시는 할머니를 보았다. 나를 보고 웃으시며 고개로 인사하셨다.

할머니가 그토록 절박하게 병원에 오려고 하셨던 이유는 자기 이야기를 들어줄 누군가를 찾기 위해서였는지도 모른다. 숨이 찬 증상은 병원을 찾은 의식적인 이유가 되었을지는 모르지만, 순수하게 '심적인 고통을 들어줄 사람'을 찾고자 했던 마음이 무의식적 동력이 되었을 것이

○

다. 진료실에서 나눈 대화 후 만족감이 어린 할머니의 표정을 보면서 한편으로는 등허리가 써늘해진 까닭은 끝까지 냉정함을 잃지 않으려 했던 나의 태도 때문이리라.

: 타인의 고통—
연명치료에 관하여

오후 다섯 시 7분. 할아버지가 돌아가셨다. 이제 진짜 끝이다. 응어리진 마음이 맥없이 풀리는 기분이다. 사람이 죽었는데, 나는 무언가에서 놓여났다. 죽음에서 느끼는 애석함보다 이유 모를 안도감이 먼저 드니 의사가 이래도 되는가 싶다. 하지만 이 질문에 대한 답은 이미 써낸 상태다. 이래도 된다. 그럴 수밖에 없다. 그분에 대한 미안함과 무력하기 짝이 없는 스스로에 대한 비난이 나를 압박했었다. 죽음이 마지막 해결책이며 동시에 유일한 해결책이라고 생각해왔다. 그렇다고 타인의 죽음에 함부로 개입할 수는 없어서 그간 어정쩡한 진료를 해왔다. 환자를 살리지는 못하지만 그렇다고 죽지는 않게끔 하는 일. 환자는 살았다고도, 죽었다고도 볼 수 없는 상태로 생명을 연장해왔다.

할아버지의 가느다란 생명선은 인공호흡기에 의해 유지되고 있었다. 아침 회진을 돌 때 나는 할아버지의 얼굴은 보지도 않고 기계 모니터만 확인하고 지나치기도 했고, 아예 '보면 뭐하나' 싶은 맘에 건너뛸 때도 있었다. 무관심해서가 아니라 마음이 불편해서.

인공호흡기에 매달려 있던 할아버지는 고통을 표현할 기운조차 남아 있지 않았다. 가래를 제거하려고 흡인관suction tube을 기관지로 밀어 넣으면 기침을 자극하는 가로막이 수축하게 된다. 가슴에 압박을 받으니 얼굴을 찌푸리시기는 했다. 대개 무표정했지만 가족이 오면 눈을 깜빡이는 식으로나마 간단히 대화하시는 것 같았다. 진정제를 사용하기도 했지만 장기간 사용할 수는 없었다. 차라리 뇌병변으로 의식과 고통으로부터 자유로운 상태라면 의사로서 이 정도로 난처하지는 않겠단 생각이 들 정도였다. 진정제를 간헐적으로 투여하면 의식도 간헐적으로 또렷해졌다. 그러던 중 언젠가 할아버지가 눈물을 흘리신 모양인데 그걸 본 보호자가 상태가 좋아지신 게 아니냐고 물었다. 나는 마음이 너무도 불편해졌다. 눈물은 감정을 느낀다는 증거고, 감정은 일종의 신호다. 보호자의 바람과

o

는 달리 할아버지의 눈물에 대한 나의 해석은 이랬다.

'나 좀 어떻게 해다오. 이런 삶은 사는 게 아니다. 그만하자. 편히 가게 해다오.'

나는 또 한 번 무기력해졌다.

퇴근하는 길에 몸이 무겁게 느껴졌다. 기온이 떨어지면서 호흡기 환자들이 온종일 긴 줄을 섰고, 다수가 폐렴과 기관지 천식으로 입원했다. 일을 모두 마치고 집에 오니 까만 밤. 씹을 기운조차 없는 참에 저녁밥이 질어 다행이었다. 초저녁부터 누웠다. 까무러치게 피곤한데 잠은 안왔다. 어딘가 계속 불편했다. 강한 중력이 등과 엉덩이를 잡아당기는데, 정신만은 어두운 천장을 배회했다. 할아버지 얼굴이 자꾸만 떠올랐다. 누군가 정말 이대로는 안 된다는 모스부호를 보내는 것만 같았다. 어디서부터 오는건진 알 수 없었으나 법 뒤에, 면허증 뒤에 숨지 말라는 신호처럼 느껴졌다.

할아버지는 한 달 전 호흡곤란으로 처음 진료실을 찾았다. X-ray상으로 할아버지의 폐를 보니 폐렴이 상당히 진행된 상태였다. 굳이 청진기를 들이대지 않아도, 그렁거리는 호흡 소리만 듣고서라도 기관지 안에 가래가 가득 차 있다는 걸 알 수 있었다. 할아버지는 돈이 없다며

○

185

입원을 극구 거부하셨고 대신 약만 처방받아 돌아가셨다. 사흘 뒤 할아버지가 다시 병원에 찾아오셨는데 이번에는 이웃주민이 휠체어에 태워 왔다. 호흡이 더욱 가빠졌고, 입술은 저산소증으로 파랬다. 폐렴은 더 심해진 상태였다. 중환자실에 입원한 할아버지는 곧장 항생제 치료를 받았 지만 이틀이 채 지나지 않아 호흡부전에 빠져 인공호흡기 치료를 시작해야 했다. 기계 호흡을 위해 튜브를 할아버지 의 주기관지까지 삽입했고, 기계는 분당 14회, 460ml의 1 회 환기량으로 할아버지의 호흡을 유지시켰다. 문제는 그 다음부터였다. 만성 폐질환으로 폐의 상당 부분이 파괴된 상태였기 때문에 폐렴이 호전됐어도 호흡은 여전히 힘들 었다. 기계 이탈을 여러 차례 시도하였지만 실패했다. 오랜 흡연도 영향을 미쳤을 것이다. 인공호흡기에 의존한 기간 만 한 달이 넘어가고 있었다.

할아버지에겐 동거하던 할머니의 따님이 유일한 보 호자이자 가족이었다. 엄밀히 말하면 호적상 가족이 아니 어서 할아버지에 대한 책임도 없었다. 할아버지가 딱하고 안타까운 마음에 그분께서 보호자 노릇을 하고는 있었지 만 경제적 부담까지 지는 건 부담스러운 일이었다. 치료가 더 이어지려면 기관지 절개술을 해야 했지만 그녀는 거기

○

까진 동의하지 않았다. 사실, 기관지 절개술도 답은 아니었다. 어차피 인공호흡기를 떼고는 살 수 없는 폐였다.

어쩌면 기계를 뗄 수 있는 기회를 놓친 것인지도 모른다. 폐렴이 호전될 즈음 기계 이탈을 준비하는 과정을 밟아야 하는데, 그러려면 중환자실에 더 자주 들락거리며 신경을 써야 한다. 하지만 하필 그간 몇 주가 생지옥이었다. 설을 앞두고 환자가 몰리면서 입에서 단내가 나도록 진료를 봐야 했고 연휴 주말에도 꼼짝없이 출근해야 했다. 중환자실 출입 횟수가 여느 때보다 줄었다. 그렇게 훌쩍 한 달이 지나버린 것이다. 혹시 신경을 더 썼더라면 호흡기를 뗄 수 있는 타이밍을 잡을 수 있었을까. 진정제를 쓰다가 중단하기를 되풀이하면서 기회를 엿보았지만, 여전히 기계를 떼기가 어려웠다. 위험한 순간이 몇 번 있었기에 보호자에게 마음의 준비를 하라고 말했지만 환자는 그때마다 위기를 극복했다. 그렇다고 전체적으로 상태가 좋아져서 그랬던 건 아니다. 호흡을 유지할 정도의 상태가 이어지고 있을 뿐, 변함없이 인공호흡기에 의존해야 했다. 엄지손가락만 한 굵기의 튜브가 목구멍을 타고 지나는 게 불편한지 할아버지는 입천장이 무르고, 입안이 바짝 말랐다. 간호사가 정기적으로 가래를 뽑아낼 때마다 고통스러워하시며 얼굴을 찡그렸다. 어떠한 의사 표현도 못 하셨지만 나도 똑같은 인간이기에, 또한 이와 같은 환자를 많이 보아왔기에 알고 있었다. 환자가 이렇게까지는 살고 싶어 하지 않는다는 것을. 하지만 연명치료를 중단하는 게 더 어려운 일이었다. 의사로서 이러한 딜레마에 빠지는 상황을 겪는 건 비단 나뿐만이 아닐 것이다.

누워 있어도 이렇게 마음이 쓰이니 잠이 올 도리가 있을까. 나는 벌떡 일어나 내일은 어떻게든 기필코 기계를 떼고 할아버지의 고통을 거두어드려야겠다고 다짐했다. 병원에 전화를 걸어 내일 아침 보호자 면담을 할 수 있게 조치를 취했다.

다음 날 보호자를 만났다.

"오늘 오후면 가까스로 기계 이탈 기준에 맞출 수 있을 것 같습니다. 타이밍을 못 맞추면 또 한 달 이상 연명치료가 이어질 수 있어요. 다만 전체적인 체력 및 근력의 상태를 감안해볼 때 호흡이 오래 안 갈 수도 있어요. 오래 생존하실 가능성도 있지만 몇 시간 내에 돌아가실 수도 있습니다. 지난번에 동의하신 대로 호흡부전이 다시 오면 그때는 자연스럽게 임종을 받아들이는 게 어떻겠습니까."

완곡한 나의 어법에서 그녀는 할아버지의 고통을 읽

었을까. 그녀는 나의 간절한 바람에 동의했다. 기계 이탈을 준비하도록 인공호흡기를 세팅해나갔다. 기계의 호흡 수와 압력을 줄였다. 다행히 흉부 방사선과 혈액 검사의 결과가 나쁘지 않았다. 할아버지는 그날 오전 면회 후 곧바로 튜브를 뽑았다. 잠깐 동안은 호흡이 안정적이었으나 몇 시간 못 넘기면서 호흡곤란이 오기 시작했다. 객담 배출 능력도 떨어져 가래가 그대로 기도에 쌓였고, 결국 그날 오후 돌아가셨다. 보호자는 고맙다고 했다. 죽음을 도와주었으니….

지난 97년 이른바 '보라매병원 사건'은 의료계를 떠들썩하게 만들었다. 뇌를 다쳐 응급 수술을 받은 환자를 부인의 요구로 '가망 없는 퇴원' 조치를 취했던 의사가 살인죄로 기소되었고 징역형을 받은 사건이다. 보라매병원 사건 이전에는 살 가망이 없는 환자에 대해 가족과 의료진이 합의하는 경우 '가망 없는 퇴원hopeless discharge' 조치를 함으로써 무의미한 연명치료를 하지 않을 수 있었다. 나도 인턴 때 집에서 임종을 맞길 원하는 가족들을 위해 환자를 집까지 이송하는 역할을 맡기도 했었다. 그러나 그 사건 뒤 모든 게 사라졌다. 의사들은 자칫 의사면허

○

189

증을 내놔야 할 수도 있는 모험을 결코 하지 않았고할 수 없었다는 게 더 정확한 표현일 것이다. 살인방조범이 될 수도 있는 일을 누가 하겠는가. 모든 환자를 임종하기 전까지 최선을 다해 치료했다. 연간 수십만 명의 환자들이 불필요한 연명치료를 받다가 병원에서 사망했고, 그것은 환자 가족들의 정신적, 경제적 고통으로 이어졌다. 한 번의 판결이 가져온 결과가 의료 전반에 몰고 온 변화는 이렇게나 쓰리고 아팠다. 아픈 것은 의사도 마찬가지다. 나의 치료가 상대방에게 불필요하고, 누군가에게 고통을 더욱 가중하는 일이 될 때 너무도 괴롭고 불편하다.

떠오르는 기억이 하나 있다. 그때 내가 조금만 더 용감하게 행동했더라면 그 아이를 덜 힘들게 했을 텐데, 나는 그러지 못했다. 6년 전 대학병원에서 호흡기내과 분과 전임의 과정을 마치고 나와 시작한 첫 직장에서였다. 새로 일을 시작한 지 한 달이 지났을 때 한 아이가 인공호흡기에 의지한 채 내가 있던 병원 중환자실로 전원을 왔다. 열다섯 살 여자아이였는데 골육종뼈에서 발생하는 악성 종양이 전신에 퍼져 의학적으로 손쓸 수 있는 단계를 지난 상태였다. 인공호흡기에 의존해 호흡을 유지하고 있었고 흐릿하게나마 의식이 있었던 아이는 자신의 고통을 잔뜩 찌푸린 인상으로 표현했다. 이미 다발적 장기 손상이 진행되었기 때문에 연명할 수 있는 시간이 얼마 남지 않았다. 아이 아버지는 그 남은 시간마저 참을 수 없다면서 기계를 떼어달라고 내게 간청했다. 아이 아버지는 지금 병상에 누워 있는 딸 위의 아이 둘을 이미 사고와 질병으로 하늘나라에 보낸 상황이었다. 세 번째 아이가 아파한다. 이 아이마저 하늘로 보낼 준비를 하고 있었다. 그런 아비의 타들어가는 심정을 그 누가 가늠이나 할 수 있을까. 아버지는 울며 하소연했다. 이미 죽은 아이라고. 저렇게 '고통' 받는 건 도저히 눈 뜨고 볼 수가 없다고. 제발, 제발 부탁인데, 저 튜브 좀 제거해달라고. 난 과거의 '판결'을 생각하며 그렇게는 못 하게 되어 있다며 아버지의 간청을 거절했다. 그럼에도 아버지의 부탁은 거듭되었고, 어쩔 수 없이 기계 이탈을 시행하기로 마음먹은 날, 아이는 면회시간에 부모님의 손을 꼭 붙잡고 고통 없는 하늘나라로 떠났다.

의학은 한 인간의 죽음을 위해 무엇을 할 수 있으며, 법은 또 무엇일까? 우리 사회의 제도는 개별적 인격체로서 한 인간을 존중할 준비가 되어 있지 않고, 개인의 고통에는 더욱 무감하다. 수전 손택은 『타인의 고통』[9]에서 인간이 타인의 고통을 목격했을 때 뒤로 숨는 방법을 소개했다. 첫 번째는 연민이라는 감정 뒤에 숨는 것이다. '타인의 고통에 내가 아파한다는 사실'은 '고통 앞에 적극적으로 행동하지 않는 무책임함'을 용서해준다. 내가 아프게 한 것도 아니므로 나의 '방관' 내지는 '무관심' 또한 죄가 아니라고 '연민'이라는 감정이 증명한다.

두 번째는 고통의 범주화다. 고통을 추상화, 일반화한 후 '그들의 영역'으로 넘겨버리는 것이다. 이를테면 어떤 환자가 아파한다고 치자. 이때 구체적 개인의 고통을, 환자니까 겪는 고통으로 일반화한다. 그러면 그 고통은 '환자들의 영역'에서 벌어지는 일이 된다. '환자가 으레 겪을 수밖에 없는 고통'이 된다. 나 역시 환자들이 겪는 고통 앞에서 연민이라는 감정 뒤에 숨었고, 고통을 범주화하면서 피해 다녔다. 그러나 병상에서 만난 그들의 고통은 그저 어떤 환자의 고통이 아니라 ○○○ 씨의 고통이었다.

불필요한 연명치료로 한 인간이 겪는 고통에는 구체적인 원인이 있다. 그것은 불합리한 판결과 제도다. 그리고 이에 저항하지 못한 관계자들의 무기력함도 공범이 되었다. 보라매병원 사건에 대한 판결 이후 수많은 사람들이

겪지 않아도 되는 고통을 모두 치러내고 생을 마쳐야 했
다. 2018년부터 연명치료 중단이 법적으로 허용될 예정이
다. 많이 늦었지만 그나마 다행이다.

나오는 말

한신대 명예교수이신 김경재 목사님은 강의에서 저명한 신학자 칼 바르트Karl Barth의 말을 인용하며 인간 실존의 의미를 설명했다. 인간은 괄호 안의 존재라는 것이다. 우리는 모두 괄호를 열고 생을 시작한 뒤, 괄호를 닫고 생을 마감한다. 삶은 괄호라는 깜깜한 절벽 안에 갇혀 있다.

　태어난다는 것은 매우 익숙하고 친근한 곳으로부터 떨어져 나오는 게 아닐까. 우리 모두는 새로운 삶에 앞서 존재했던 기억을 장례 치르듯 땅속에 파묻는다. 괄호 열기는 그러한 단절을 의미한다. 괄호 안에서의 인생이 지속되고 드디어 죽음이라는 과정을 통해 괄호를 닫고 나면 작은 괄호를 포함하는 또 다른 대괄호가 존재할지, 아니면 그저 절벽 같은 낭떠러지가 기다리고 있을지는 알 수가 없다. 확실한 것은 괄호 안에만 존재하는 것들이 분명 있다는 것이다. 유한하기 때문에 느낄 수 있는 감정들.

때로는 그런 감정들이 삶을 위협하기도 한다. 언젠간 반드시 들이닥칠 죽음이라는 단절이 주는 불안, 두려움, 허무. 이러한 공포는 현재의 삶을 잠식하고 주위 사람들과 나누는 사랑, 애틋함 같은 소중한 가치들을 폐기하기도 한다.

이미 본문에서도 말했지만 현대인들은 과거에 비해 죽음을 더욱 두려워한다. 죽음을 터부시하는 풍조와 전적으로 전문가들에게 위임된 임종과 장례 절차, 개인화된 문화 등은 죽음 앞에 선 개인을 더욱 왜소하고 나약하게 만든다. 개인화, 분업화된 현대 사회 속에 살아가는 우리에게 불안과 두려움은 피할 수 없는 십자가인 것처럼 보인다. 에리히 프롬은 '분리 불안'을 인간의 숙명적 실존이라 했다. 대자연과 분리된 개체로서 자신을 인식하는 '자아'를 지닌 인간, 탄생과 죽음이라는 두 번의 깜깜한 분리를 인식하고 예견하며 살아야 하는 인간이라면 가질 수밖에 없는 운명적 감정인 것이다

구스타프 클림트Gustav Klimt의 〈죽음과 삶〉이라는 작품은 이러한 숙명적 불안을 안고 살아가는 우리들에게

위로를 준다. 그림의 오른편에는 생명을 상징하는 사람들이 뒤엉켜 있다. 어린아이부터 청년, 어머니 그리고 노인에 이르기까지 삶의 각 단계를 대표하는 사람들이 몸을 웅크리고 있다. 왼편에는 망토를 쓴 해골이 그들을 향해 다가오고 있다. 어두운 배경색은 삶의 바깥을 암흑처럼 묘사한다. 죽음의 해골이 한 발짝씩 다가온다. 그림은 삶의 어떤 지점도 죽음에서 자유로울 수 없다는 걸 보여준다. 그럼에도 불구하고 이 그림이 우리에게 위로가 되는 이유는 뭘까. 먼저 눈을 감고 있는 사람들의 표정에 주목해야 한다. 모두가 평안한 얼굴로 자고 있다. 죽음이 오건 말건 개의치 않는다. 결국 죽음에 점령당할지라도 그러한 운명에 불안해하지 않는다. 삶은 죽음 없이는 존재하지도 않았을 것이므로.

병원에서 봉직의 생활을 한 지 벌써 8년째다. 같은 일을 8년이나 하다 보니 반복되는 일상에 매너리즘을 느끼게 된다. 진료실 문을 열고 들어오는 사람들은 모두 우주에 하나밖에 없는 개성 있는 사람들이지만, 의학이라는 안경을 끼고 사람들을 대하다 보면 그들의 개성은 어느새 사라지고 진단명으로 분류될 뿐이다. 1년 내내 폐렴, 천식, 감기, 만성 폐쇄성 폐질환, 알레르기 비염 이렇게 대략 다섯 종류의 환자를 돌아가며 보게 된다. 이러니 아무리 생명을 다루는 고귀한 직업이라 한들 지루하지 않을 수 있을까. 그래서 몇 년 전부터는 환자와의 소소한 이야기들을 글로 적어 남겨보았다. 시간이 지나자 새롭게 보이는 게 많았다. 전공이 호흡기내과다 보니 주로 고령의 환자들을 많이 만나게 됐다. 죽음을 목전에 둔 환자와 주변 가족들은 온갖 극한 감정을 경험하게 된다. 남은 가족들은 어떻게 살아가게 될까, 앞으로 치료 과정에서 겪게 될 고통은 어떨까. 걱정과 불안이 앞서는 상황에도 몇몇 환자들은 클림트의 그림 안에 담긴 사람들처럼 평온한 얼굴을 보여주었다.

　　나는 이러한 환자들이 삶은 유한하다는 사실을 자연스럽게 받아들였기에 웃고 감사할 수 있는 것이라 생각한다. 끝이 있기에 두렵지만 끝이 있기 때문에 애틋한 거다. 영원하지 않은 삶이기에 오늘을 감사하고 서로 사랑할 줄 아는 사람만이 죽음을 앞에 두고도 평온할 수 있는 게 아닐까.

도움을 준 책

1. 『자전거 여행 1』, 김훈, 문학동네, 2014, p17

2. 『마음사전』, 김소연, 마음산책, 2008, p70

3. 『메멘토 모리, 죽음을 기억하라』, 김열규, 궁리, 2001, p59

4. 『금수』, 미야모토 테루 저, 송태욱 역, 바다출판사, 2016, p86

5. 위의 책, p278

6. 『죽음을 살다』, 천선영, 나남출판, 2012

7. 『불멸의 다이아몬드: 우리의 진짜 자기를 찾아서』, 리처드 로어 저, 김준우 역, 한국기독교연구소, 2015

8. 『아픈 몸, 더 아픈 차별: 대한민국에서 질병과 장애는 어떻게 죄가 되는가』, 김민아, 뜨인돌, 2016, p193

9. 『타인의 고통』, 수전 손택 저, 이재원 역, 이후, 2004

○